la fleur de Cornouailles

Barbara Cartland est une romancière anglaise dont la réputation n'est plus à faire.

Près de trois cents romans variés et passionnants mêlent aventures et amours.

Les Éditions J'ai Lu *en ont déjà publié plus de cinquante que vous retrouverez dans le catalogue gratuit disponible chez tous les libraires.*

Désormais les Éditions J'ai Lu *publient également* Les romans préférés de Barbara Cartland, *un choix des livres qui ont enchanté sa jeunesse.*

BARBARA CARTLAND

la fleur de Cornouailles

traduit de l'anglais par Jeanne Fournier-Pargoire

Éditions J'ai Lu

Ce roman a paru sous le titre original :

A TOUCH OF LOVE

1

1820

– A mon grand regret, mademoiselle Sélincourt, je vous apporte de mauvaises nouvelles.

– Oh non! J'espérais bien que ce serait le contraire.

– Je vous assure, j'ai fait tout ce que je pouvais et j'ai passé de nombreuses nuits sans sommeil à chercher une autre solution! Mais hélas, je n'en ai pas trouvé.

Me Lawson qui dirigeait l'étude Lawson, Cresey et Houghton, parlait avec un accent de sincérité sur lequel on ne pouvait se méprendre.

La jeune fille poussa un profond soupir et s'assit dans le fauteuil en face de lui, ses grands yeux assombris par l'inquiétude.

– La solution est vraiment si mauvaise? demanda-t-elle.

Me Lawson la regarda d'un air de compassion.

– Vous en jugerez par vous-même, répondit-il.

Agé d'une cinquantaine d'années, les tempes grisonnantes, il dut mettre ses lunettes pour chercher le papier dont il avait besoin parmi les documents entassés sur son bureau.

Puis il le tint devant ses yeux et le relut, comme s'il

espérait y découvrir des détails rassurants qui lui avaient échappé.

– Vous le savez, mademoiselle Sélincourt, je nourrissais une grande admiration pour votre beau-frère, lord Ronald, et j'étais fier qu'il m'eût accordé son amitié.

Tamara Sélincourt approuva d'un signe de tête.

– A maintes occasions, continua le notaire, je lui ai vivement conseillé de prendre des dispositions, au cas où quelque chose lui arriverait, mais il se contentait de rire de mes inquiétudes.

– Comment aurait-il pu prévoir qu'il allait mourir si tôt? demanda Tamara. Il n'avait que trente-trois ans, et ma sœur était sa cadette de six mois.

– Trente-trois ans! répéta Me Lawson, comme s'il se parlait à lui-même. Vous avez raison, mademoiselle, à trente-trois ans, on ne pense pas à la mort.

– Et leur nouveau bateau semblait d'une solidité à toute épreuve, capable de braver les tempêtes, ajouta la jeune fille. Il avait coûté une fortune.

– Je le sais mieux que personne, approuva Me Lawson, car maintenant il va falloir le payer!

– Ronald croyait que ce bateau lui rapporterait plus qu'il n'avait coûté, car il pensait effectuer des transports de marchandises d'un port à l'autre.

Soudain, sans raison apparente, Tamara éclata de rire.

– C'était une idée ridicule, vous le savez aussi bien que moi. Ronald et ma sœur adoraient la mer. Ils n'étaient heureux qu'au grand large et, chaque fois qu'ils s'embarquaient, ils avaient l'impression d'entreprendre une aventure enivrante et...

La voix de Tamara se brisa et ne fut bientôt plus qu'un chuchotement.

– Et maintenant... que vont devenir... les enfants?

– C'est mon plus grand souci, répliqua Me Lawson. Sandor a presque douze ans et sera bientôt en âge d'entrer au collège.

– C'est un garçon extrêmement doué, affirma

Tamara. De fait, tous les trois sont d'une intelligence très au-dessus de la moyenne; mais ils ont de qui tenir, mon père était un vrai génie.

– J'ai toujours regretté de ne pas l'avoir connu, déclara le notaire.

– Un vrai génie, répéta la jeune fille. Ses livres ne lui ont peut-être pas rapporté beaucoup d'argent, mais ils seront toujours un trésor pour les penseurs et les érudits.

– J'en suis sûr, convint Me Lawson. Je suis sûr aussi que Sandor a hérité de l'intelligence de son grand-père. Il faut donc qu'il reçoive une éducation digne de lui. Je ne vois qu'un seul moyen d'y parvenir.

– Lequel? demanda Tamara.

Elle leva vers le notaire des yeux interrogateurs et il se dit, comme très souvent déjà, qu'il n'avait jamais vu de fille aussi ravissante.

C'était évidemment rare de rencontrer une telle beauté dans un petit village de Cornouailles.

On dirait une fleur exotique, une orchidée, songea-t-il, sûr que cette comparaison viendrait à l'esprit de tous les jeunes gens qui la verraient.

Tamara, en effet, ne ressemblait en rien aux jeunes Anglaises de son âge.

Des cheveux roux, comme tissés de rayons de soleil et évoquant le Sud-Est de l'Europe, encadraient un visage d'un ovale parfait. Et cette blancheur nacrée du teint n'avait rien d'anglais.

Au fond de ses yeux sombres brillait un éclat violet. Malgré tout l'exotisme de ce portrait, Me Lawson songea qu'elle donnait une impression d'extrême jeunesse et de profonde innocence.

– Quel âge avez-vous, mademoiselle Sélincourt? demanda-t-il à brûle-pourpoint.

Elle lui sourit.

– Je croyais que l'on ne posait jamais pareille question à une femme! répliqua-t-elle. Je vous répondrai la vérité : j'ai dix-neuf ans. J'avais treize ans de moins que ma sœur Maïka, mais il y avait entre nous deux un garçon qui est mort très jeune.

– Dix-neuf ans! répéta Me Lawson. Vous êtes trop jeune pour que de si lourdes responsabilités vous soient imposées.

– Mais il faut que je m'occupe des enfants! Ils n'ont que moi. D'ailleurs je les aime tendrement et ils me le rendent bien.

Une expression de vive inquiétude se peignit sur le visage du notaire.

– Je suis prête à travailler pour mes neveux, et à faire tout ce que je pourrais, reprit-elle. J'espérais pourtant que leurs parents auraient laissé assez d'argent pour que nous puissions vivre en attendant que je trouve une situation.

– J'avais bien compris que vous l'espériez, mais malheureusement...

– Le roman que j'ai écrit m'a rapporté quarante livres, interrompit Tamara. Cela m'a paru une grosse somme sur le moment. J'espère que mon second livre, actuellement chez l'éditeur, se vendra bien et que je gagnerai davantage.

– Quand doit-il paraître? interrogea Me Lawson.

– D'un jour à l'autre. Je n'ai pas la date exacte, mais on m'a dit que ce serait courant juin.

Le notaire baissa de nouveau les yeux sur les papiers étalés devant lui.

– Admettons que vous gagniez encore quarante livres ou même le double : une si petite somme ne vous permettra cependant pas de vivre avec trois enfants!

Il y eut un long silence.

– Mon beau-frère n'a vraiment rien laissé?

– Absolument rien.

Elle le regarda avec incrédulité.

– Comment est-ce possible... Je ne comprends pas.

– La pension que votre beau-frère, lord Ronald Grant, recevait chaque trimestre, prend fin avec sa mort et le dernier versement, arrivé il y a une semaine, a déjà été employé.

– Pour payer le bateau?

– Exactement!

– Mais la maison...

– La maison est hypothéquée, je croyais que vous le saviez. Et vous avez beaucoup de chance d'avoir trouvé tout de suite un acquéreur.

Tamara resta désemparée.

– Mais... je croyais que nous pourrions continuer à y habiter.

– Il faut que vous compreniez que c'est impossible. La maison a toujours été trop grande et trop coûteuse pour lord Ronald. Néanmoins votre sœur et lui s'y plaisaient et croyaient qu'ils arriveraient à joindre les deux bouts.

Tamara garda le silence.

Elle ne le savait que trop; sa sœur et son beau-frère vivaient dans l'insouciance, comptaient sur la chance et espéraient que toutes les difficultés s'aplaniraient par miracle.

Elle les soupçonnait d'emprunter et d'accumuler les dettes depuis plusieurs années.

Malgré cela, lord Ronald voulut absolument faire construire un bateau neuf, celui qu'il possédait étant trop vieux et ne pouvant plus affronter la mer. Avec quel argent le paierait-il? Eh bien, il ne voulait même pas envisager cette question!

Puis ce fut la tragédie.

Ils s'étaient embarqués par un ciel serein, mais une tempête avait brusquement éclaté. Lord Ronald Grant et sa femme moururent noyés. *La Mouette*, poussée par l'ouragan, alla se briser sur des rochers.

Pendant deux jours, Tamara vécut dans l'attente et l'angoisse, pressentant la vérité sans vouloir l'accepter.

Mais sa sœur et son beau-frère ne revinrent pas au jour fixé, et elle sut au fond de son cœur qu'un malheur était arrivé.

Après la tempête, des pêcheurs partirent à la recherche du bateau disparu. Ils ne retrouvèrent que les débris de *La Mouette* qui flottaient sur les vagues et, chose plus pathétique encore, un petit béret blanc qui avait appartenu à lady Ronald.

La tragédie avait été si soudaine, si inattendue que Tamara ne pouvait se persuader que ce beau-frère, si charmant et si gai, était mort et qu'elle ne reverrait jamais la sœur qu'elle adorait.

Songeuse quelques instants, elle revint à la situation présente et se rappela les paroles du notaire.

– Ils m'ont donné un foyer à la mort de mon père; j'ai été très heureuse avec eux; je leur dois beaucoup, Me Lawson, et je tiens à m'acquitter de ma dette.

Sa voix tremblait, elle dut faire un effort pour refouler ses larmes et le notaire respecta son émotion.

– Je ne comprends que trop bien ce que vous ressentez, mademoiselle, reprit-il après lui avoir laissé le temps de se remettre. A mon avis, il n'y a qu'une solution raisonnable pour venir à bout de vos problèmes. Je vais vous l'exposer et j'espère que vous l'accepterez.

– Qu'est-ce donc? demanda Tamara avec curiosité.

– Il faut, expliqua-t-il lentement, que vous conduisiez les enfants chez leur oncle, le duc de Granchester.

S'il avait fait exploser une bombe devant elle, Tamara n'aurait été plus stupéfaite ni plus consternée.

– Les conduire chez le duc? répéta-t-elle d'une voix incrédule. Comment pouvez-vous suggérer une chose pareille?

– N'est-il pas leur seul parent? demanda Me Lawson. D'après ce que je sais, votre beau-frère n'avait pas d'autre parent et, maintenant qu'ils sont orphelins, le duc doit avoir la charge de ces enfants.

– C'est impossible! s'écria Tamara. Vous savez

comment le duc s'est comporté avec son frère et ma sœur!

L'hostilité qui vibrait dans sa voix n'échappa pas au notaire.

– Je ne connais que trop bien les faits. Mais nous ne pouvons rendre le duc responsable de l'attitude de son père, quand lord Ronald annonça qu'il avait l'intention d'épouser votre sœur.

– C'était inhumain! Cruel! cria Tamara, les yeux flamboyants, sans pouvoir maîtriser sa colère. Savez-vous ce qui s'est passé, Me Lawson, après que Ronald ait écrit à son père qu'il souhaitait épouser Maïka?

Le notaire garda le silence.

– Il s'est précipité à Oxford où Ronald faisait ses études et a déclaré que si son fils épousait Maïka, il ne lui adresserait plus jamais la parole.

– Il faut comprendre! protesta Me Lawson. Le duc, très attaché à la religion, avait horreur de tout ce qui touchait au théâtre.

– Il a traité Maïka de cabotine, parce qu'elle avait paru sur la scène. En réalité, elle n'était même pas actrice.

La voix de Tamara monta d'un octave.

– Maïka avait une voix admirable; il s'est trouvé que ma mère est tombée gravement malade et que mon père n'avait pas les moyens de payer les médecins et les soins nécessaires; pour lui venir en aide, ma sœur a accepté de chanter dans une troupe d'opéra.

Me Lawson ouvrit la bouche pour parler, mais Tamara ne lui en laissa pas le temps.

– En deux ans, elle a gagné assez d'argent pour payer les traitements coûteux dont ma mère avait besoin.

– Cela a sûrement été expliqué au duc, murmura le notaire.

– Croyez-vous qu'il s'est donné la peine d'écouter? demanda Tamara avec fureur. Il n'a pas même permis à Ronald de plaider la cause de ma sœur.

Elle s'interrompit pour reprendre haleine, mais devança de nouveau Me Lawson.

– Ronald m'a répété ses paroles : il a parlé de Maïka comme d'une prostituée, une fille perdue, ramassée dans le ruisseau. Il n'a pas voulu la rencontrer, s'est refusé à rien entendre à son sujet et s'est contenté de répéter sa décision.

Elle fit encore une pause.

– Lorsque Ronald a déclaré que, malgré tout, il épouserait ma sœur, le duc est sorti en faisant claquer la porte et n'a plus jamais voulu le recevoir.

Elle eut un geste d'extrême mépris.

– Comment jugez-vous un tel père ? Comment jugez-vous un homme qui déshérite son fils sans lui permettre de dire un mot ou de donner une explication ?

– Le duc est mort depuis quelque temps, fit remarquer Me Lawson.

– Son fils aîné ne vaut pas mieux que lui ! interrompit Tamara. Il n'était l'aîné de Ronald que d'un an et aurait pu comprendre son cadet, parler en sa faveur, par exemple. Au lieu de quoi, il s'est soumis à la volonté de son père et a accepté de couper tous les liens avec la brebis galeuse.

Un sanglot lui échappa. Elle se leva et s'approcha de la fenêtre pour cacher ses larmes.

– Vous avez connu ma sœur, vous admiriez sa douceur, sa gentillesse, sa bonté. En réalité, elle détestait le théâtre et tout ce qui s'y rapportait.

– Elle me l'a dit elle-même, approuva Me Lawson.

– Dès qu'elle a eu suffisamment d'argent pour soigner notre mère, elle a quitté l'opéra, continua Tamara. Elle a été une épouse et une mère parfaite; Ronald et elle ont été très heureux.

– Je ne crois pas avoir connu un couple aussi uni, approuva Me Lawson d'un ton d'envie.

– Et ils sont morts ensemble ! murmura Tamara. C'est une consolation pour moi : ils n'auraient pas supporté d'être séparés.

Me Lawson rajusta ses lunettes.

– Revenons à notre point de départ, mademoiselle, conseilla-t-il. Nous parlions de votre situation financière et de celle des enfants. Vous n'avez pas le choix : il faut confier vos neveux à l'homme qui est leur tuteur naturel.

– Croyez-vous vraiment que j'accepterai ce conseil? demanda Tamara. Je ne leur imposerai pas cette humiliation, je ne m'abaisserai pas à implorer un homme qui a renié et abandonné son propre frère.

– Que ferez-vous alors?

– Il doit y avoir un autre moyen... Nous devons pouvoir nous débrouiller seuls, murmura Tamara d'un ton désespéré.

Elle revint vers le bureau et reprit sa place dans le fauteuil, comme si elle n'avait plus la force de rester debout.

– Si ce moyen existe, je ne le connais pas, répliqua le notaire. A parler franchement, mademoiselle, je ne vois qu'une solution : demander au duc de prendre la charge des enfants de son frère.

Tamara resta muette.

– J'ai trouvé un acquéreur pour la maison; ce qu'il versera paiera l'hypothèque et les dettes de lord Ronald, mais il tient à en prendre possession sur-le-champ.

– Il veut sans doute y installer son fils qui va se marier.

– En effet, approuva Me Lawson. Cet acquéreur, un certain M. Trevens, est un homme difficile en affaires et, si nous tergiversons, il se décidera peut-être pour une autre maison.

Tamara ne protesta pas. Elle comprenait fort bien la situation : vendre une maison aussi vaste que le Manoir, située de plus en Cornouailles, loin de toute autre habitation, ne serait pas facile.

Ils ne trouveraient pas d'autre acheteur avant des mois, peut-être même des années. Comment pendant ce temps subvenir aux besoins des enfants, leur procurer la nourriture nécessaire, sans parler des vêtements et de leur instruction?

– Le duc sait-il que son frère est mort? demanda-t-elle au bout d'un moment.

Me Lawson parut un peu gêné.

– Je ne l'en ai pas encore informé.

Tamara le regarda d'un air surpris, puis une lueur brilla dans ses yeux.

– Je sais pourquoi : vous attendiez le versement de la pension de Ronald. Je vous en suis reconnaissante. Vous avez été très bon.

– Mais j'ai mal rempli mes devoirs professionnels, répliqua Me Lawson avec un sourire.

Il y eut un long silence que Tamara rompit enfin.

– Faut-il l'avertir maintenant, sans plus tarder?

– J'en ai peur. Si j'attendais plus longtemps, ce serait tout à fait illégal et j'en serais blâmé par l'Ordre des Notaires. Vous ne le voudriez pas, n'est-ce pas?

– Non, bien sûr que non, convint Tamara. Vous nous avez déjà rendu tant de services! Mon beau-frère venait souvent vous consulter, vous vous occupiez de toutes ses affaires et je suis sûre qu'il ne vous a jamais versé un sou d'honoraires.

– Cela n'a pas grande importance, affirma Me Lawson. Ainsi que je vous l'ai déjà dit, j'avais beaucoup d'estime et d'amitié pour votre beau-frère, et l'on ne pouvait connaître votre sœur sans être subjugué par son charme.

– Quel dommage que la famille Grant n'ait pas partagé vos sentiments! s'écria Tamara, non sans amertume.

– Peut-être trouverez-vous que je me mêle de ce qui ne me regarde pas, mais ne pourriez-vous oublier vos anciens griefs, surtout lorsque vous serez en face du duc de Granchester! suggéra Me Lawson. L'essentiel est qu'il s'intéresse aux trois orphelins et qu'il accepte de les élever.

– Et s'il refuse de faire quelque chose pour eux?

demanda Tamara. C'est très possible! Après tout, ce sont les enfants de ma sœur.

– Je ne crois pas que le duc laisserait dans la misère des enfants qui portent le nom de Grant, répliqua Me Lawson. Son père fut sans doute très monté contre lord Ronald, il ne lui en versa pas moins une pension pendant toutes ces années.

– La même que pendant les années d'études de Ronald à Oxford, fit remarquer Tamara avec mépris. Pas un sou de plus.

– C'était une somme assez considérable, protesta le notaire. Le vieux duc ne s'est pas tout à fait désintéressé du sort de son fils.

– Si vous croyez que je lui en suis reconnaissante, vous vous trompez! s'exclama Tamara d'une voix dure. En ce qui concerne le duc actuel, tout ce que je sais de lui...

Elle poussa un cri et mit sa main sur sa bouche.

– Qu'y a-t-il donc? interrogea le notaire étonné.

– Je viens de me rappeler... Je l'avais complètement oublié, mais je ne peux pas... je ne peux pas conduire moi-même les enfants au duc de Granchester. S'ils y vont, ils doivent y aller sans moi.

– Pourquoi? demanda Me Lawson.

– Parce que j'ai fait du duc... le personnage principal de mon roman!

– Du duc?

Tamara porta la main à son front, comme si elle essayait d'éclaircir ses idées.

– Vous vous rappelez mon premier roman? C'était un conte de fées, mais en même temps une satire.

– Je l'ai trouvé très amusant et très original.

– Eh bien, ce livre, en cours de publication, met en scène un duc méchant jusqu'à la cruauté et qui n'est autre que l'actuel duc de Granchester!

– Mais vous ne l'avez jamais vu, et vous ne savez rien de lui!

– Je sais ce que Ronald m'en a raconté. Sa personnalité m'intéressait, j'ai donc lu tout ce qu'on a écrit sur lui dans les journaux et dans les magazines.

Elle était l'image même de la consternation.

– Les amis que Ronald avait connus à Oxford nous rendaient visite et avaient toujours des quantités d'anecdotes à rapporter sur le duc. Je n'en perdais pas un mot et les conservais soigneusement dans ma mémoire.

– Et vous croyez que le duc se reconnaîtra dans votre roman? demanda Me Lawson. Dans ce cas, votre roman pourrait être considéré comme une diffamation.

– Je ne crois pas qu'il se reconnaîtrait dans le portrait que j'ai tracé de lui ou qu'il prendrait la peine de lire ce petit livre, mais...

Elle s'interrompit, et Me Lawson dut l'interroger.

– Quel détails exacts avez-vous donnés?

– D'abord le livre est intitulé *Le Venin de la Guêpe*. La Guêpe est le surnom du duc, un scélérat qui fait le malheur de tous ceux qui l'approchent. Ses équipages sont peints en noir et or et la livrée de ses domestiques est noire et jaune.

– Ce sont les couleurs de la famille Granchester?

– Exactement, répondit Tamara. Et j'ai utilisé quantité de détails que Ronald m'avait appris sur le château et sur son frère. Bien entendu, j'ai inventé bon nombre d'incidents, par exemple une course de chevaux : le duc s'était arrangé pour que tous les favoris soient hors d'état d'y prendre part et avait parié une somme considérable sur un cheval qui appartenait à ses écuries et qui arriva le premier.

Me Lawson porta la main à son front.

– Pourquoi ne m'avez-vous pas laissé lire votre roman avant de l'envoyer à l'éditeur? Vous ne devez pas vous étonner si le duc vous poursuit pour diffamation et exige des dommages et intérêts exorbitants.

Tamara se mit à rire.

– Cela ne sera pas un problème. Je n'ai pas d'argent, je ne pourrai donc pas payer.

– Et si l'on vous met en prison?

– J'expliquerai que chaque mot écrit correspond à la vérité et que, par conséquent, il est justifié.

Me Lawson poussa un soupir.

– Il ne faut pas que cela arrive. Vous allez vous asseoir, mademoiselle, sans perdre une minute et écrire à votre éditeur qu'il reprenne votre livre chez les libraires.

– Reprendre mon livre! s'écria Tamara. Je ne donnerai pas cet ordre!

– Il le faut! C'est la seule solution, insista le notaire.

Il vit une lueur de défi briller dans les yeux de la jeune fille.

– Pensez aux enfants. Si le duc est tel que vous l'avez décrit, pouvez-vous les envoyer seuls au château de Granchester? Je suis sûr que sans vous ils seraient très malheureux.

Il y eut un long silence. Enfin Tamara capitula.

– Je pense que vous avez raison. Je vais écrire cette lettre.

– Je vais vous faire le brouillon, déclara Me Lawson. Dès demain matin, j'écrirai au duc pour l'informer de la mort de son frère et lui annoncer l'arrivée des enfants au début de la semaine prochaine.

– Si tôt?

– N'oubliez pas les exigences de M. Trevens.

– Non, bien sûr.

De nouveau Tamara se leva pour aller à la fenêtre.

– Je crois, reprit-elle après un silence, que si je dois les accompagner... et je me rends compte que Vava est trop petite pour que je l'abandonne... il vaudrait mieux que le duc ne sache pas que je suis la sœur de Maïka.

Me Lawson s'accorda un moment de réflexion.

– Vous avez raison. J'aurais dû y penser moi-même. Il serait préférable de prétendre que vous vous êtes occupée d'eux en qualité de...

– De gouvernante, termina Tamara. De cette façon, il me payera un salaire et je ne dépendrai pas entièrement de lui.

Me Lawson la regarda. Le soleil la nimbait de lumière et transformait en or ses cheveux roux. Il pensa que les gouvernantes chargées de l'éducation de jeunes enfants étaient rarement aussi belles, mais il garda pour lui cette pensée.

– Quel nom lui donnerai-je? se borna-t-il à demander.

– N'importe lequel! répondit Tamara. Non, attendez! Il faut que ce soit un nom que les enfants puissent se rappeler.

– Pourquoi pas Mlle Wynne?

– Parfait. Je leur dirai qu'ils devront m'appeler ainsi, quand nous serons au château.

– J'espère que vous ne chercherez pas à croiser le fer avec le duc, reprit le notaire. Il est important qu'il prenne les enfants en affection. C'est un homme riche et influent, il peut faire beaucoup pour eux, s'il les juge dignes de sa protection.

– Je crois beaucoup plus vraisemblable qu'il nous jettera dans un cachot et ne nous accordera que du pain et de l'eau jusqu'au jour de notre mort, déclara la jeune fille d'un ton dramatique.

Me Lawson ne put s'empêcher de rire.

– Si le bruit s'en répandait, quel scandale! L'Angleterre tout entière serait indignée. D'après ce que j'ai appris du duc, je crois qu'il déteste le scandale.

– Bien sûr, convint Tamara. Et son père considérait le mariage de Ronald avec une actrice comme un scandale.

L'amertume de sa voix n'échappa pas au notaire.

– Je vous en supplie! s'écria-t-il. Essayez d'oublier le passé. Neveux de Sa Grâce, les enfants bénéficieront d'une excellente éducation et leur avenir sera assuré; tout leur sourira.

Tamara garda le silence.

– Cela peut sembler prématuré de se préoccuper de

leur avenir, continua Me Lawson. Kadine n'a que dix ans, mais dans sept ans elle sera en âge de faire son entrée dans le monde et elle sera très belle. Nièces de Sa Grâce, le duc de Granchester, sa sœur et elle seront accueillies à bras ouverts dans la bonne société.

Tamara lui jeta un regard étonné puis, avec un de ces brusques revirements d'humeur dont elle était coutumière, sourit à Me Lawson.

– Vous avez raison! Bien sûr, vous avez raison! Il faut que je pense à Kadine et à Vava. Ainsi que vous le dites, toutes les deux seront très belles et il faut qu'elles puissent choisir leur mari... Des hommes à la fois riches, charmants et qu'elles aimeront.

Ses yeux noirs s'adoucirent. Me Lawson pensa que bien avant les dix-huit ans de Kadine et de sa petite sœur Validé, leur tante serait mariée, à moins qu'elle ne préfère rester seule et refuse des douzaines de prétendants.

Il se leva.

– Si vous voulez bien attendre quelques minutes, mademoiselle, je vais faire le brouillon de la lettre pour votre éditeur et, en même temps, écrire en mon nom à Sa Grâce pour lui annoncer votre arrivée.

– J'attendrai, promit Tamara.

Me Lawson lui sourit et passa dans la pièce voisine où plusieurs clercs étaient assis devant de hauts pupitres; leur plume d'oie courait sur des registres; l'étude Lawson, Cresey et Houghton, jouissait dans la ville et ses environs d'une excellente réputation

Tamara quitta son fauteuil, puis se dirigea vers la fenêtre.

Tant d'événements avaient eu lieu dans la matinée qu'elle en avait le vertige; la confusion régnait dans son esprit et elle ne parvenait pas à penser clairement.

Bien qu'elle eût dissimulé ses sentiments à Me Lawson, la décision de retirer son roman de la vente lui avait coûté beaucoup et l'avait bouleversée.

Elle avait espéré qu'il lui rapporterait une grosse

somme d'argent, car le premier avait connu un vrai succès.

C'était un volume très mince, mais dans plusieurs journaux des critiques lui avaient consacré des articles élogieux.

Pourquoi ne gagnerait-elle pas les faveurs d'un public qui avait porté aux nues les œuvres de sir Walter Scott et admiré les poèmes de lord Byron?

Dans son second roman, l'aventure et l'amour tenaient une place égale : elle jugeait qu'il pouvait plaire à des lecteurs d'âges divers, depuis les plus âgés jusqu'aux adolescents.

Menant une vie calme en pleine campagne, dans un coin perdu de la Cornouailles, elle avait peu d'expérience du monde et n'avait jamais pénétré dans les cercles littéraires de la capitale.

Mais son imagination avait été captivée par tout ce qu'elle avait entendu dire sur le duc de Granchester, cet homme cruel et antipathique qui avait fermé son cœur à son frère et l'avait chassé de sa vie.

Tamara avait beaucoup d'affection et d'admiration pour le mari de sa sœur. Ainsi, chaque fois qu'elle trempait sa plume dans l'encrier pour ajouter un trait caustique à celui qui tenait le rôle de scélérat dans son roman, elle pensait avec satisfaction qu'elle punissait le duc de sa méchanceté.

Et elle s'était hâtée d'envoyer son manuscrit à l'éditeur sans le montrer à lord Ronald.

Il était si bon, si indulgent, qu'il aurait désapprouvé l'image qu'elle avait tracée de son frère. Odieusement traité par toute sa famille, il s'obstinait cependant à la défendre.

On l'avait rejeté comme un paria. Il se moquait volontiers de la vanité et du snobisme des siens, mais n'avait jamais à leur égard une parole dure ou amère.

– Je ne peux comprendre qu'on ait fermé les portes du château à Ronald, avait dit un jour Maïka à sa sœur. Il est si charmant, si gai, si sympathique, qu'il est irremplaçable et a dû laisser un grand vide dans sa famille.

– C'est une famille de poseurs, d'autocrates qui ne mérite que du mépris, répliqua Tamara.

Ce jugement fit rire Maïka.

– Peu m'importe que les grilles du château me soient fermées à moi, murmura-t-elle d'un ton rêveur. Mais je regrette que Ronald n'ait pas les chevaux qu'il serait en droit de monter, qu'il ne puisse s'habiller chez un grand tailleur, ni participer aux courses de New Market et d'Ascot.

– Je n'ai jamais vu un homme aussi heureux que Ronald, affirma Tamara. Il n'a pas besoin ici de costumes élégants et, quand il court sur la plage avec les enfants, il est encore plus heureux que si un jockey portant ses couleurs gagnait une course à New Market.

Touchée, sa sœur l'embrassa.

– Tu es un grand réconfort pour moi, Tamara. Quelquefois je me reproche d'avoir privé Ronald de la fortune et du luxe auxquels il avait droit. Mais quand je chasse ces regrets de mon esprit, je suis la plus heureuse des femmes.

Tamara n'avait qu'à regarder son beau-frère et sa sœur pour être sûre de leur bonheur; comme tous leurs amis s'accordaient à le dire, on ne pouvait rêver couple mieux assorti.

Leurs yeux se rencontrant, étincelaient d'un tel éclat qu'on ne pouvait douter de leur amour.

Si Ronald s'absentait quelques heures, Maïka l'attendait avec impatience et à son retour elle se jetait dans ses bras et posait la tête contre son épaule.

Ils s'embrassaient passionnément, comme d'éternels jeunes mariés poussés l'un vers l'autre par un amour irrésistible.

Mais à présent ils étaient morts, elle avait reçu d'eux un héritage sacré, trois enfants à élever qui n'avaient qu'elle pour les aimer et les protéger.

« Me Lawson a raison, pensa-t-elle. Le duc ne doit

voir en moi que la gouvernante de ses neveux. Il ne prendra pas la peine d'en chercher une autre et se contentera de mes services. »

Me Lawson revenait.

– Voici le brouillon de la lettre que vous adresserez à votre éditeur, dit-il. Elle est brève et catégorique; j'ai demandé qu'il reprenne les exemplaires déposés chez les libraires et que le manuscrit de votre ouvrage soit renvoyé à mon étude. Ici, il sera en sûreté. Si vous l'emportiez au château de Granchester, il pourrait vous occasionner des ennuis.

Tamara fit volte-face et s'approcha lentement du bureau.

– Je suis désolé, déclara le notaire devant l'expression de son visage. Ce roman vous a coûté beaucoup de travail, mais il faut en passer par là.

Il tendit une plume à Tamara.

– Vous écrirez un autre ouvrage. Vous trouverez peut-être un sujet plus agréable au château de Granchester et qui sait si son propriétaire ne vous paraîtra pas plus sympathique?

– J'en serais étonnée, répliqua Tamara en riant.

Elle acheva de copier la lettre, la signa et remit la plume à sa place.

– J'essaierai de me consoler, dit-elle, mais je suppose que tout auteur d'un livre a l'impression d'avoir mis un enfant au monde. Je ne peux m'empêcher de pleurer mon pauvre petit mort-né.

Me Lawson se mit à rire.

– C'est une chose à ne pas dire au château de Granchester, mademoiselle, conseilla-t-il. Sans aucun doute, cela scandaliserait les vieilles dames de la famille Granchester.

– Je tiendrai bien ma langue et ma plume, promit Tamara, et je vous enverrai mon prochain roman. Je le présenterai à l'éditeur quand vous aurez supprimé tous les passages satiriques.

– J'y compte bien, répliqua Me Lawson avec un

sourire. Je n'ai aucune envie d'avoir à vous défendre devant un tribunal.

– Et moi je n'ai aucune envie de moisir sur la paille d'une prison, conclut Tamara.

– Je vais envoyer cette lettre à votre éditeur et la mienne au duc. Après-demain, j'irai vous voir au Manoir et je serai à votre disposition pour vous aider dans vos préparatifs de départ. J'aurai tout préparé pour votre voyage.

– Je vous en suis très reconnaissante.

Elle lui tendit les deux mains.

– Je sais que Ronald et ma sœur seraient touchés de la bonté que vous nous témoignez, aux enfants et à moi.

Me Lawson lui prit les deux mains et les serra très fort.

– Vous êtes très courageuse. Je suis désolé pour toutes ces mauvaises nouvelles. Mais qui sait ? L'avenir sera peut-être beaucoup moins noir que nous ne l'imaginons !

– La seule chose qui m'importe, c'est le bonheur des enfants, assura Tamara. En ce qui me concerne, pour être sincère, je dois avouer mes craintes sur ce qui nous attend au château de Granchester.

Elle retourna au Manoir, montée sur le vieux cheval qui avait rendu de longs et loyaux services à Ronald et à sa femme. Le vent de la mer fouettait son visage et elle songea qu'elle garderait toujours la nostalgie de cette Cornouailles si belle et si sauvage.

Après la mort de son père, elle y était venue habiter avec son beau-frère et sa sœur. Elle avait tout de suite aimé ce bord de mer et cette nature si différente de tout ce qu'elle avait connu. Elle n'avait cependant jamais regretté la vie qu'elle avait menée à Oxford.

Elle venait d'avoir quinze ans lorsque son père, Conrad Sélincourt, succomba à une crise cardiaque.

Depuis la mort de sa mère, elle s'occupait de lui et veillait à son bien-être, aussi avait-elle acquis plus de maturité que n'en ont les jeunes filles à cet âge.

En outre, elle avait bénéficié d'une instruction beaucoup plus complète.

Fille d'un professeur d'Oxford, elle avait vécu au milieu de gens cultivés et écouté avec intérêt des conversations savantes. De plus, elle avait fait des études sérieuses et, depuis son enfance, avait la passion de la lecture.

Conrad Sélincourt avait transmis son intelligence à ses deux filles, mais c'était de leur mère qu'elles tenaient leur beauté. Son charme autant que sa voix avaient valu à Maïka d'entrer dans une troupe d'opéra. Son professeur d'Oxford lui avait procuré cette situation et, grâce à sa recommandation, elle gagnait beaucoup plus que n'aurait pu l'espérer une débutante sans expérience.

Contrairement à beaucoup d'autres troupes qui vivaient d'expédients en se produisant de ville en ville, celle-ci était subventionnée par un comité de riches mélomanes désireux d'offrir à ceux qui n'avaient pas la chance d'habiter Londres la possibilité d'entendre de la bonne musique. Au cours d'une tournée à Oxford, la cantatrice qui tenait le premier rôle tomba malade et Maïka fut désignée pour prendre sa place.

Elle possédait une voix mélodieuse et en outre était si belle et si charmante que le directeur la jugea digne de jouer le rôle de l'héroïne dans l'opéra qu'il présentait au public.

Aux yeux du duc de Granchester, elle n'était « qu'une vulgaire cabotine », guère mieux qu'une « prostituée ». Ce fut ce qu'il déclara à son fils; cette injure grossière était complètement injustifiée.

Toutes les cantatrices de la troupe étaient en réalité des modèles de vertu et le comité, qui surveillait de très près la conduite des acteurs, n'aurait pas toléré qu'il en fût autrement.

Maïka qui chantait dans les grandes villes d'Angleterre menait une vie aussi sage et aussi retirée qu'une jeune fille du monde chaperonnée par une gouvernante; si dans d'autres troupes théâtrales régnait l'immoralité, elle n'en avait aucune idée!

Quand l'opéra faisait relâche, elle retournait dans sa famille et ce fut dans la maison de son père, à Oxford, que lord Ronald fit sa connaissance. Ce fut immédiatement le coup de foudre.

Sa jeunesse – il n'avait pas encore vingt et un ans – parut à son père une raison suffisante pour lui interdire un mariage prématuré.

Mais dans ses efforts pour rompre les fiançailles, le duc se montra si offensant, si dépourvu de tact, qu'il arriva au but opposé et précipita l'union qu'il souhaitait d'empêcher.

Ronald reçut l'ordre « de ne plus adresser la parole à cette femme »! Fougueux comme tous les jeunes gens de son âge, il ne pouvait accepter cet ultimatum sans se déshonorer vis-à-vis de lui-même.

Le duc, furieux, retourna à Londres et Ronald épousa Maïka le mois suivant.

Elle quitta la troupe d'opéra et, quand Ronald eut passé son dernier examen, ils se mirent en quête de la maison qui abriterait leur amour.

Tous les deux préféraient la tranquillité de la campagne à l'animation des villes et nourrissaient une véritable passion pour la mer. Leur choix se fixa sur la Cornouailles où, leur avait-on dit, ils trouveraient une demeure à un prix raisonnable.

Le Manoir était certainement très attrayant, se dit Tamara en l'apercevant au loin. Son cœur se serra à la pensée de devoir vendre cette maison où ils avaient vécu si heureux et où elle retrouvait dans toutes les pièces le souvenir de sa sœur et de son beau-frère.

Bientôt les sabots du vieux cheval résonnèrent sur les pavés de la cour; à ce signal, les enfants se précipitèrent au-dehors.

Sandor arriva le premier et prit à deux mains la tête du cheval.

– Je vais conduire Fringant à l'écurie, tante Tamara.

– Vous revenez bien tard, tante Tamara! s'écria Kadine.

Validé, qui avait cinq ans et qu'on appelait toujours Vava, descendait les marches du perron.

– J'ai faim! déclara-t-elle. Il est tard! Je veux goûter!

– Tu goûteras dans cinq minutes, chérie! répondit Tamara en la prenant dans ses bras et, suivie par Kadine, elle entra dans la cuisine.

Elles y trouvèrent Lucie, une vieille femme qui tous les matins venait du village pour faire le ménage et aider à préparer les repas.

– Vous voilà enfin de retour, mademoiselle, dit-elle quand Tamara entra, Validé dans ses bras.

– Oui, je suis de retour, Lucie, répliqua Tamara. J'arrive plus tard que prévu et Vava veut goûter.

– Les enfants n'ont rien voulu manger pendant votre absence, reprit Lucie. Je leur avais pourtant dit qu'il y avait des brioches et de la crème.

– Manger sans vous attendre, tante Tamara! s'exclama Kadine. Nous ne sommes pas gourmands à ce point!

Agée de dix ans, elle promettait d'être très belle et, à dix-huit ans, elle ferait sans doute battre bien des cœurs.

« Chose étrange, pensait Tamara, aucun des enfants n'avait les cheveux roux de Maïka, ce nimbe de lumière que leur mère avait hérité de ses aïeules hongroises. »

Ils étaient tous blonds comme leur père. Kadine et Vava avaient de grands yeux aux longs cils noirs que l'on ne pouvait voir sans surprise et sans admiration.

Les cheveux de Sandor étaient châtains plutôt que dorés, mais il avait les traits bien marqués de son père : c'était un petit garçon très beau et très sympatique.

Quand il revint, après avoir conduit le cheval à l'écurie, Tamara songea qu'il était le vivant portrait de son père et se demanda s'il avait quelque ressemblance avec son oncle.

Dans ce cas, si le duc de Granchester était bel homme, le portrait qu'elle avait tracé de lui dans son roman était inexact.

Comment donner à un scélérat des traits agréables! Il devait avoir une expression méprisante, cynique, et qui laissait deviner, au premier regard, la noirceur de son âme.

« Je pourrai bientôt juger par moi-même, s'il est aussi antipathique que je l'ai peint », pensa Tamara.

Le cœur serré, elle décida d'attendre la fin du goûter pour annoncer aux enfants les mauvaises nouvelles qu'elle apportait.

2

Tamara n'imaginait pas que tant de gens se rassembleraient pour faire leurs adieux à elle et aux enfants.

Dès que la nouvelle du départ se répandit dans le voisinage, tous ceux dont ils avaient gagné l'estime et l'amitié au cours de ces années affluèrent au Manoir pour leur souhaiter bon voyage et bonne chance.

Dans cette foule se trouvaient quelques châtelains, mais elle était composée en majorité de pêcheurs, de fermiers et de villageois qui, tous, exprimaient leur tristesse avec une indubitable sincérité.

A chaque instant, les visiteurs parlaient en termes touchants de sa sœur et de lord Ronald, et Tamara sentait les larmes lui monter aux yeux. Quand à la fin elle s'installa avec les enfants dans le cabriolet conduit par Me Lawson, elle ne put les retenir plus longtemps.

Le notaire avait décidé de les accompagner jusqu'à Truro; là, ils prendraient place dans une diligence pour la prochaine étape de ce voyage qui s'achèverait au château de Granchester.

Les enfants étaient surexcités à l'idée d'aller si loin et Vava ne comprenait pas qu'elle quittait pour toujours la demeure où elle était née et où elle avait vécu ses premières années.

Tamara se reprochait d'emporter tant de bagages; elle avait ajouté les vêtements de sa sœur aux siens et n'avait pu se résigner à abandonner les gravures et les bibelots que sa sœur et son beau-frère aimaient et qui lui rappelaient tant de chers souvenirs.

Ces petites tabatières, par exemple, dont Ronald faisait collection et qu'il se plaisait à regarder bien qu'elles n'eussent pas grande valeur; la corbeille à ouvrage de sa sœur, des napperons et des services à thé qu'elles avaient brodés ensemble...

D'autres objets encore plus insignifiants lui tenaient également à cœur : par exemple, un coquillage ramassé par les enfants sur la plage; le pavillon du premier bateau de Ronald, d'autres babioles aussi, qui évoquaient les promenades, les pique-niques, tous ces jours de joie qui ne reviendraient plus!

La jeune fille se rendait compte que, désormais, elle vivrait dans la pauvreté; le peu d'argent qu'elle possédait serait consacré aux enfants, si le duc se montrait moins généreux que ne le supposait Me Lawson; elle était donc décidée à réduire autant que possible ses dépenses personnelles.

Elle s'était abstenue d'acheter des vêtements de deuil. Sandor portait simplement un brassard noir. Aux robes des petites filles et aux siennes, Tamara avait ajouté des ceintures noires et remplacé par des rubans noirs les fleurs des chapeaux.

En réalité, grâce à ses cheveux roux et aux boucles blondes des enfants, le noir leur seyait à merveille et mettait en valeur la blancheur nacrée de leur teint.

Mais, pour le moment, Tamara n'avait aucun souci de coquetterie. Elle n'ignorait pas en outre que sa qualité de gouvernante l'obligerait à paraître effacée et dépourvue de toute élégance.

Tout en conduisant le cabriolet, Me Lawson s'efforça d'égayer les voyageurs et il leur raconta tout ce qu'il savait de la magnificence du château de Granchester et de l'hôtel particulier que le duc possédait à Londres.

– Bien entendu, le duc est souvent retenu auprès du roi, mais je ne puis croire qu'il approuve la vie de débauche que Sa Majesté a menée avant de monter sur le trône.

Tamara ne répondit pas.

Obsédée par ses appréhensions, elle l'entendait à peine. L'idée de se retrouver en face du duc la remplissait de crainte, on eût dit qu'un nuage noir flottait devant ses yeux.

Elle le détestait pour son cruel comportement à l'égard de son frère cadet; et à présent, elle le haïssait car, à cause de lui, son roman allait être retiré de la vente et donc ne serait jamais lu.

« Il faut absolument que j'écrive un autre livre », pensa-t-elle.

Mais aucun sujet ne lui venait à l'esprit, son cerveau restait vide. Elle était accablée par le chagrin de devoir abandonner tout ce qui lui était familier, tout ce qui lui rappelait l'étroite intimité dans laquelle elle vivait avec sa sœur.

La veille du départ, malgré tous les préparatifs, Tamara était allée au cimetière dire un dernier adieu à Maïka et à Ronald. Leurs corps n'avaient jamais été retrouvés, mais le curé du village avait accepté de placer une croix avec leurs noms au milieu d'un massif de fleurs.

Elle avait prié Lucie et d'autres femmes du village d'arroser ce massif et de remplacer les fleurs chaque saison. Elles avaient promis de ne pas y manquer.

Puis Tamara entra dans la petite église et s'agenouilla sur le prie-Dieu, comme elle l'avait fait tous les dimanches à leur côté. Elle demanda à Dieu d'être digne de la confiance de sa sœur et de lui donner la force de remplir ses devoirs auprès des enfants.

– Aide-moi, Maïka, implora-t-elle. Que je sois une mère pour eux, que je leur apprenne à être bons, indulgents, compatissants, ainsi que tu l'as toujours été, et que j'entretienne en eux le souvenir de leurs parents.

Tout en priant, elle avait le pressentiment que ces vertus ne régnaient pas au château de Granchester.

Enfin elle retourna au Manoir, et trouva Sandor en larmes. Il venait d'apprendre que son poney ne le suivrait pas.

– Il sera bien traité, Sandor, promit-elle. Au château, il y a sûrement beaucoup de chevaux et le duc t'en prêtera un.

– C'est mon Pollux que je veux! déclara Sandor entre deux sanglots. Vous le savez, tante Tamara, je l'ai depuis qu'il est né, c'est papa qui me l'avait donné.

– Je le sais, chéri, répondit Tamara. Je te promets qu'il sera bien soigné dans la maison où Me Lawson l'a placé.

Cette promesse ne consola pas Sandor.

– Plus tard, peut-être, nous pourrons demander à ton oncle de le racheter, ajouta-t-elle.

– Croyez-vous qu'il acceptera? demanda Sandor, et ses yeux s'éclairèrent.

– Nous pourrons toujours essayer.

Mais en prononçant ces mots, elle ne put s'empêcher de penser que, si les histoires qui couraient sur les écuries du duc étaient vraies, il n'accepterait jamais un poney aux origines douteuses parmi ses chevaux de race.

Il y eut d'autres mauvais moments à passer, par exemple celui où Vava apporta toute une collection de galets ramassés sur la plage et insista pour les mettre dans une valise.

Et Kadine ne voulait pas se séparer de trois petits chats nouveau-nés parce que, disait-elle, il n'y aurait personne pour les soigner après son départ. Enfin ils s'installèrent dans le cabriolet avec armes et bagages. Mais en approchant de Truro, Tamara se rendit compte qu'ils devaient dire adieu à leur dernier ami en la personne de Me Lawson.

Ils s'arrêtèrent devant le bureau des diligences, descendirent du cabriolet et attendirent mélancoliquement, pendant que le notaire faisait monter les bagages sur le toit de la diligence. Soudain, Tamara poussa un cri :

– Regardez, mes enfants! s'écria-t-elle. Voici Erth Veryon!

Ils suivirent la direction de son doigt et aperçurent, de l'autre côté de la rue, un homme de grande taille, aux cheveux blancs, accompagné par un garçon d'environ seize ans.

– Erth! dit Tamara quand ils la rejoignirent. Je suis heureuse de vous voir, ainsi je ne quitterai pas la Cournouailles sans vous avoir fait mes adieux.

L'homme âgé d'une cinquantaine d'années, tendit la main et la jeune fille la serra.

Il était aveugle, mais son visage sans une ride exprimait la sérénité et la joie intérieure.

– Vous quittez la Cornouailles, mademoiselle Tamara? demanda-t-il.

– Vous avez reconnu ma voix? s'exclama Tamara en souriant.

– Je n'oublie jamais une voix, déclara Erth Veryon.

– Et vous reconnaissez la mienne? demanda Kadine.

– C'est mademoiselle Kadine!

– Et moi, vous vous rappelez? interrogea Vava.

– La petite mademoiselle Vava.

– Je suis là moi aussi, intervint Sandor. Comment allez-vous, Erth?

– Très bien, merci, monsieur Sandor. Vous partez en voyage? Moi aussi!

– Où allez-vous? demanda Tamara.

– J'irai où le Seigneur m'enverra.

– S'il vous envoie à Gloucester, venez nous rendre visite, je vous en prie, reprit Tamara. Nous serons au château de Granchester. Vous revoir, Erth, ce sera retrouver un peu de la Cornouailles sur une terre étrangère.

Sa voix tremblait et l'aveugle, de nouveau, lui prit la main et la serra

– Vous êtes malheureuse et inquiète? murmura-t-il.

– Oui, avoua-t-elle. J'accompagne les enfants chez le duc de Granchester. Nous vivrons au château et, vous le devinez, si c'était possible, nous aimerions mieux aller ailleurs.

– J'ai appris la mort de lord Ronald, dit Erth, et celle de votre sœur. C'est triste, très triste pour vous, mais vous le savez, ils sont ensemble auprès de Dieu.

– Je l'espère, répliqua la jeune fille, des larmes dans la voix.

– Vous pouvez le croire, parce que c'est vrai, affirma Erth d'un ton grave. Mais ce n'est pas seulement leur mort qui vous afflige. Autre chose vous inquiète.

Sa perspicacité n'étonna pas Tamara. Elle le connaissait depuis son arrivée en Cornouailles. Elle l'avait vu guérir la cheville cassée de son beau-frère, au grand étonnement du médecin qui avait ordonné à Ronald plusieurs semaines d'immobilité.

Erth Veryon avait également sauvé un enfant du village qui était à l'agonie et rendu la santé à une vieille femme qui souffrait d'une grave maladie.

Tamara qui lui tenait la main avait la sensation que des ondes venues de lui passaient dans son corps.

– Vous avez la haine dans votre cœur, déclara-t-il au bout d'un moment. Elle vous empoisonne. Chassez-la, mon enfant, remplacez-la par l'amour, car dans l'amour seul vous pourrez trouver le bonheur.

Tamara soupira. Elle aurait dû savoir qu'Erth devinerait ses pensées. Cependant, il lui demandait l'impossible.

– Il faut essayer malgré tout! reprit-il, comme si elle avait parlé à haute voix. Essayez d'aimer, et vous serez aimée. C'est ce que Dieu nous a promis et nous devons croire en sa parole.

Tamara n'eut pas le temps de répondre. Me Lawson l'appelait de l'autre côté de la rue.

– Il faut que je parte, dit-elle. Venez nous voir si vous le pouvez, Erth.

Elle dégagea sa main, fouilla dans son sac et y prit un souverain. Elle le glissa dans la poche du petit-fils de l'aveugle, son inséparable compagnon.

En même temps, elle porta un doigt à ses lèvres pour lui ordonner le silence. Erth n'acceptait jamais d'argent en échange des services qu'il rendait, et en conséquence il souffrait souvent de la faim.

Le jeune garçon sourit en guise de remerciement et le guérisseur ignora ce qui se passait, car les enfants réclamaient à cor et à cri son attention.

– Au revoir, Erth! Au revoir! criaient-ils.

– Ayez confiance en Dieu, leur recommanda-t-il. Si vous l'aimez, il vous protégera et vous conduira sains et saufs au château de Granchester.

– Nous n'oublierons pas nos prières, promit Kadine.

Puis les trois enfants traversèrent en courant la rue pour rejoindre Me Lawson.

Tamara les suivit et le notaire les entraîna vers la diligence.

Il avait retenu les meilleures places à l'avant pour Tamara et les deux petites filles; Sandor monterait sur l'impériale en compagnie des autres hommes, car c'est ainsi qu'il aimait voyager.

– Ecrivez-moi... Je vous en prie, écrivez-moi, supplia Tamara en disant adieu.

– Comptez sur moi! J'attendrai avec impatience de vos nouvelles.

– Si c'est trop affreux là-bas, reprit Tamara à voix

basse, nous reviendrons! Nous camperons dans votre jardin, ou nous nous installerons dans une grotte sur la plage.

Me Lawson se mit à rire, mais la jeune fille savait qu'il avait beaucoup de chagrin de les voir partir.

Heureusement le temps manquait pour des adieux prolongés : le cocher pressait les voyageurs de prendre leur place; la portière claqua et le lourd véhicule s'ébranla.

Les petites filles firent des signes d'adieu et crièrent d'excitation, mais Tamara se recroquevilla dans son coin et ferma les yeux pour refouler ses larmes et les empêcher de couler sur ses joues.

« C'est vraiment un adieu, pensait-elle. Nous disons adieu à l'ancienne vie et Dieu seul sait ce que nous réserve la nouvelle! »

Le voyage fut très long et très fatigant. Ils passaient la nuit dans des auberges et changeaient souvent de diligence, ce qui les obligeait chaque fois à transporter leurs bagages, en prenant bien soin de ne rien oublier.

Tamara s'habitua à la mauvaise humeur des porteurs qui détestaient les diligences, car les voyageurs se montraient rarement généreux; elle s'habitua aussi à l'indifférence des aubergistes qui réservaient les plus mauvaises chambres aux gens de condition modeste et leur servaient une nourriture immangeable.

Mais pour les enfants, l'aventure les enchantait.

Mais le troisième jour, la diligence fut immobilisée pendant plus de trois heures sur une route où un accident s'était produit. Vava devint grognon et Kadine, accablée de sommeil, cessa de s'intéresser au paysage.

Avec une vive appréhension, Tamara se rendit compte qu'ils n'atteindraient pas la petite ville de Tetbury avant 7 heures du soir.

Cela signifiait qu'à leur arrivée au château, le duc serait sans doute en train de dîner; s'ils interrompaient son repas, il serait irrité et les prendrait aussitôt en grippe!

Elle avait espéré trouver à Tetbury une voiture du château pour accomplir la dernière étape.

Bien sûr, le notaire n'avait pas demandé expressément qu'on vînt les chercher à Tetbury! Il avait seulement informé le duc de l'arrivée des voyageurs dans le cours de l'après-midi.

Quand la diligence s'arrêta devant une auberge d'apparence minable, aucune voiture particulière n'était en vue. Tamara s'informa autour d'elle et on lui répondit que personne n'était venu du château.

Après de longs pourparlers, elle parvint non sans peine à louer une calèche.

Heureusement, le nom du duc impressionna l'aubergiste qui se décida à s'intéresser à eux. Après une longue attente, un véhicule d'un autre âge, tiré par un cheval apparemment centenaire, fut mis à la disposition des voyageurs.

On entassa les bagages sur le toit, puis Tamara et les enfants montèrent à l'intérieur.

Ils furent accueillis par une odeur de foin, de cuir moisi et de crottin de cheval. La rossinante se mit en marche, mais si lentement que Tamara eut l'impression que le cocher et le cheval dormaient de concert.

Enfin, après des heures et des heures passées sur une route poudreuse, l'équipage s'engagea entre les grilles de fer forgé d'un immense portail.

La dernière partie du voyage s'effectua dans une avenue impressionnante, bordée de chaque côté par des chênes plusieurs fois centenaires.

– Nous allons bientôt voir le château! s'écria Tamara qui s'efforçait de parler d'un ton joyeux en dépit de sa tristesse.

Mais seul Sandor manifesta quelque intérêt. Les deux petites filles, accablées de fatigue, s'étaient à moitié endormies.

Rapidement Tamara les recoiffa, rajusta leurs chapeaux et défroissa tant bien que mal leurs robes blanches. Elle-même, ce matin-là, avait passé plus de temps que d'habitude à sa toilette et avait changé de coiffure.

Ses cheveux, tirés en arrière, formaient un gros chignon sur sa nuque.

« Il faut que je paraisse insignifiante, que j'aie l'air d'une gouvernante ! » avait-elle pensé. Mais en se regardant dans la glace, elle constata avec consternation que cette nouvelle coiffure ne réussissait pas à l'enlaidir. Avec ses yeux trop grands, la courbe de ses lèvres trop parfaite, ses traits trop délicats – en dépit de tous ses efforts, son charme restait intact.

Elle avait choisi sa robe la plus simple, une robe en crêpe verte car, gouvernante et non apparentée à lord Ronald et à sa femme, elle n'avait pas à porter le deuil.

Tamara et Maïka faisaient elles-mêmes leurs vêtements. Elles étaient extrêmement adroites et s'habillaient avec goût.

Mais Maïka possédait aussi des toilettes, cadeaux de son mari. Celui-ci aimait la voir élégante, malgré leur vie si simple, dans ce petit village de Cornouailles, sans bal ni réception.

Tamara pensait ne jamais avoir l'occasion de porter les ravissantes robes du soir de sa sœur, ni les ensembles d'après-midi que Maïka mettait le dimanche pour aller à l'église ou pour recevoir des amis du voisinage.

« Quand j'aurai le temps, pensa Tamara en passant en revue sa propre garde-robe, je me confectionnerai des robes très simples, de teintes foncées, et personne ne me remarquera ! »

Elle se rendait parfaitement compte que ses robes de mousseline, aux couleurs gaies et celles ornées de volants et de ruches, ne convenaient pas du tout à sa condition présente.

Avertie par Me Lawson que le Manoir devait être vendu, elle n'avait pas eu le temps de se mettre à tailler et à coudre. Ainsi cette robe de crêpe vert qui mettait en valeur son teint éblouissant était en réalité la plus simple de son trousseau.

La plus simple peut-être, mais qui ne dissimulait rien de la grâce de sa silhouette, la minceur de sa taille, ni de la rondeur de ses jeunes seins.

Tamara retira les rubans noirs de son chapeau et les remplaça par des rubans verts; puis elle regretta d'avoir fait ce changement.

Mais qu'importait ce qu'elle avait sur elle! Le duc ne prêterait aucune attention à une personne aussi insignifiante qu'une gouvernante. Elle n'avait qu'à rester à l'écart et s'effacer le plus possible.

Ils approchaient maintenant du château et Tamara fut frappée par ses vastes proportions et sa beauté. Lord Ronald lui avait expliqué qu'à l'origine cet édifice était normand. Mais au cours des siècles, il avait été transformé à plusieurs reprises, de sorte qu'il présentait maintenant un amalgame de plusieurs styles d'architecture.

– Mon grand-père, expliquait-il, a dépensé une fortune pour y ajouter de grands salons d'apparat. Il a reconstruit la vieille tour normande, réparé les ailes élisabéthaines, et remis à neuf les décorations intérieures qui datent de la reine Anne.

Il parlait avec émotion, et Tamara comprit que lord Ronald aimait le château, où pourtant sa jeunesse n'avait pas été particulièrement heureuse.

Jamais il n'avait un mot de reproche pour ses parents. Mais Maïka et Tamara devinaient que le duc et la duchesse avaient été un couple austère, que les enfants ne les intéressaient pas et qu'ils les abandonnaient au soin des serviteurs.

– Je crois que si Ronald a tant de tendresse pour ses enfants, s'il leur consacre tant de temps, c'est qu'il veut leur donner ce qui lui a manqué à lui, avait remarqué un jour Maïka.

En effet, Tamara s'en souvenait, même quand Sandor était tout petit, lord Ronald passait des heures à lui parler et à jouer avec lui, comme s'il y trouvait le plus grand des plaisirs.

Plus tard, cependant, estimait Tamara, il avait eu un faible pour ses filles, tandis que Maïka ne cachait pas sa préférence pour son fils.

– Sandor te ressemble tellement, avait-elle dit un jour à son mari, en présence de Tamara. Comment pourrais-je ne pas l'aimer à la folie, puisque je te retrouve tout entier en lui?

« Il faut que j'essaie de rendre aux enfants un peu de ce qu'ils ont perdu », pensait maintenant Tamara.

Mais le château était si immense, si impressionnant, qu'elle avait la sensation qu'il la séparait de Sandor et des petites filles, et que sa magnificence les éloignait d'eux.

– Il est très grand et très vieux, fit remarquer Sandor quand la voiture s'arrêta. Il devait être habité par des chevaliers. Quels beaux tournois il devait y avoir autrefois!

Cette vue enflammait son imagination. Tamara s'en réjouit. Pour elle, ce château trop grand l'effrayait. Elle aurait donné tout ce qu'elle possédait au monde pour retourner en Cornouailles et retrouver l'intimité du Manoir.

Un laquais, en perruque poudrée, ouvrit la porte; il portait, elle le remarqua, la livrée noire et jaune qu'elle avait décrite dans son roman.

Tenant Vava par la main, elle monta les marches et se trouva devant un vieux majordome aux cheveux blancs qui les regardait avec étonnement.

– Madame a-t-elle rendez-vous avec Sa Grâce? interrogea-t-il.

– Sa Grâce nous attend, répondit Tamara. Voulez-vous l'informer que son neveu et ses nièces sont arrivés.

– Son neveu et ses nièces?

La voix du majordome exprimait un étonnement sincère.

– C'est bien ce que j'ai dit! expliqua Tamara.

Elle entra dans le grand hall au sol recouvert de mosaïque. Un escalier qui décrivait une courbe faisait face à une grande cheminée datant sans doute du Moyen Age.

– Je crois, madame, reprit le majordome d'un ton respectueux, qu'il y a quelque erreur. Madame sait-elle que ce château appartient au duc de Granchester?

– Je le sais, répliqua Tamara. Comme je vous l'ai déjà dit, j'accompagne son neveu M. Sandor et ses nièces, Mlle Kadine et Mlle Validé.

De toute évidence, le majordome n'était au courant de rien.

– Sa Grâce est en train de dîner, déclara-t-il au bout d'un moment, mais je vais le prévenir. Si Madame veut bien attendre ici.

Il ouvrit la porte d'un petit salon et, avec une expression de profond étonnement sur son visage, il se retira et les laissa seuls tous les quatre.

– Je suis fatiguée, gémit Vava. J'ai soif! Je veux boire!

– Prends patience un moment, chérie, conseilla Tamara. Il faut attendre que tu aies vu ton oncle Howard.

– Est-ce ainsi que nous devrons l'appeler? interrogea Sandor qui examinait une collection de miniatures étalées sur une table.

– Oui, oncle Howard...

Elle baissa la voix.

– ... et n'oubliez pas, mes enfants, de m'appeler mademoiselle Wynne.

Ils lui avaient donné ce nom pendant tout le temps du voyage mais, Tamara ne l'ignorait pas, Vava était fatiguée, à moitié endormie et l'appellation « tante Tamara » viendrait tout naturellement à ses lèvres.

– Je n'oublierai pas, promit Kadine.

– Oncle Howard sera-t-il content de nous voir? demanda Sandor.

A en juger par cette réception Tamara n'avait guère d'espoir, mais elle garda ses inquiétudes pour elle.

– Bien sûr. N'oublie pas que c'est le frère de ton papa, et ton papa voudrait que tu sois très poli et très gentil pour lui.

– Je veux maman! murmura Vava au bord des larmes. Je ne veux pas rester ici. Je veux retourner à la maison près de maman.

Tamara prit la petite fille dans ses bras et la serra très fort contre son cœur.

Vava était très fatiguée. Le voyage avait été épuisant pour tous, surtout pour une petite fille de cinq ans qui avait besoin de courir et de jouer, au lieu de rester enfermée toute la journée dans l'espace restreint d'une diligence.

Quelquefois, par bonheur, le véhicule fut à moitié vide, mais le plus souvent il était bondé; les messieurs âgés, les vieilles dames frileuses poussaient des cris sitôt que l'on faisait mine de baisser les glaces, et la plupart du temps l'air était irrespirable.

– Dès que nous aurons vu ton oncle, je te coucherai et je t'apporterai quelque chose de bon à boire, déclara Tamara à Vava. Et pendant que tu boiras, je te raconterai une histoire.

D'habitude les promesses de sa tante avaient un effet magique sur Vava, mais ce soir-là la petite fille était trop fatiguée pour les écouter.

Pour l'apaiser, Tamara lui enleva son chapeau, lui caressa les cheveux et la serra encore plus fort contre elle. L'enfant dormait presque, lorsque la porte s'ouvrit.

Tamara était bien certaine que le duc serait d'un maintien imposant, mais la réalité dépassait tout ce qu'elle avait imaginé. Jamais elle n'avait vu un homme aussi beau et elle fut frappée d'étonnement.

Lord Ronald ressemblait à un jeune dieu et Sandor avait hérité du charme des Grant.

Mais le duc mesurait un mètre quatre-vingts, avait de larges épaules, la taille mince, un port majestueux comme s'il était le maître du monde et des traits réguliers qui rappelaient ceux d'Apollon.

Il avait aussi une expression cynique et ennuyée, un pli sarcastique sur ses lèvres et, malgré sa beauté, il n'était pas sympathique.

« Il ressemble vraiment au scélérat de mon livre! » pensa Tamara.

Leurs yeux se rencontrèrent et ceux du duc étaient si durs que la jeune fille fut saisie de crainte. Elle se leva précipitamment.

Elle avait admiré l'élégance de Ronald mais, en tenue de soirée, le duc était éblouissant.

Avec sa cravate d'une blancheur immaculée, dans son habit de satin à la coupe irréprochable, et avec ses bas blancs, il était l'image même de la distinction.

Tamara fit un effort pour se ressaisir et s'inclina dans une profonde révérence.

– Qui êtes-vous et que faites-vous ici? demanda le duc.

– Vous n'avez pas reçu de lettre de Me Lawson, le notaire?

– Une lettre? répéta le duc. Je n'ai rien reçu de personne et les domestiques prétendent que ces enfants me sont apparentés!

Tamara soupira.

Le duc parlait d'une voix dure, autoritaire, et son appréhension fit place à la colère.

– Votre Grâce ignore donc que son frère, lord Ronald, est mort? demanda-t-elle.

– Mort! Pourquoi n'ai-je pas été informé?

– Vous auriez dû recevoir une lettre vous apprenant la tragédie qui a eu lieu voici quinze jours.

Les sourcils froncés, le duc fit quelques pas et alla s'adosser à la cheminée.

– Veuillez me dire ce qui s'est passé, ordonna-t-il.

– Surpris par une tempête, le bateau de lord Ronald a sombré; votre frère et sa femme se sont noyés. Leurs enfants, votre neveu et vos deux nièces, n'ont pas d'autres parents que vous et je vous les ai amenés.

Tamara parlait d'une voix claire et lente, les yeux fixés sur le visage du duc.
– Et vous, qui êtes-vous?
– Mon nom est Wynne, Votre Grâce, je suis la gouvernante des enfants.
Il la regarda d'un air qu'elle jugea hostile.
– Mon frère avait sûrement pris ses dispositions pour sa famille?
– Malheureusement non, Votre Grâce. Ses enfants n'ont pas d'argent et n'ont plus de maison. Me Lawson, le notaire de lord Ronald, m'a priée de les accompagner ici.
– Nom d'un chien! s'exclama le duc. Et que dois-je faire d'eux?
Tamara ne put réprimer sa colère.
– J'imagine, Votre Grâce, que vous ne les laisserez pas mourir de faim et dépendre de la charité publique.
Une lueur brilla dans les yeux du duc, comme s'il était irrité par l'audace de cette gouvernante. Puis il se tourna vers Sandor qui le regardait avec curiosité.
– Comment vous appelez-vous?
– Sandor, oncle Howard.
– Quel âge avez-vous?
– Presque douze ans.
Le duc posa son regard sur Kadine. Il devait être frappé par sa beauté, par le contraste de ses cheveux blonds et ses cils noirs.
Kadine, qui n'avait jamais été timide, ne lui laissa pas le temps de parler.
– Vous ressemblez beaucoup à mon papa, mais vous êtes plus grand. Il m'a raconté que, quand vous étiez petits tous les deux, vous montiez tout en haut de la tour du château. Nous pourrons y monter aussi?
– Comment vous appelez-vous? demanda le duc.
– Kadine.
– Et voici Validé, intervint Tamara. Mais on l'appelle Vava. C'est le nom qu'elle se donnait quand elle était toute petite.

– Ce sont des noms de théâtre, fit remarquer le duc d'un ton sarcastique.

Tamara eut l'impression qu'il insultait sa sœur. Elle frémit de rage, mais au prix d'un grand effort, elle garda son calme.

– Nous avons voyagé pendant trois jours, Votre Grâce. Les enfants sont très fatigués; je crois que le mieux serait que je les couche. Demain nous aurons le temps de parler.

– Vous avez donc l'intention de rester ici? demanda-t-il.

– Suggérez-vous qu'il nous faille aller ailleurs?

En prononçant ces mots, Tamara se rendit compte que son ton était trop hostile mais, comme elle l'avait prévu, le duc lui inspirait une haine violente.

Elle détestait son air de supériorité, sa réflexion sur les noms des enfants, choisis selon lui par « une cabotine ». A dessein, il faisait sentir à ses quatre visiteurs qu'ils étaient gênants et indésirables.

– Je suppose que, pour ce soir du moins, il n'y a rien d'autre à faire qu'à coucher ces enfants, admit-il.

– Je suis fatiguée, gémit Vava. J'ai soif, je veux boire.

– Tu boiras dans un moment, chérie, promit Tamara.

Tout en parlant, elle regardait le duc, comme pour lui lancer un défi.

Il lui rendit son regard et Tamara estima son expression de cynisme encore plus prononcée que tout à l'heure.

La porte s'ouvrit.

– Votre Grâce a sonné?

– Conduisez ces enfants et leur gouvernante à Mme Henderson. Dites-lui qu'ils resteront au château.

– Oui, Votre Grâce.

Sans un mot de plus, le duc pivota sur ses talons et sortit.

Tamara le suivit des yeux; elle aurait voulu lui lancer une phrase mordante, capable de le blesser, et d'exprimer la haine qui remplissait son cœur.

Mais elle ne pouvait que se taire et suivre le valet qui les fit monter au second étage. Ils attendirent quelques minutes qu'une femme de chambre aille chercher l'intendante dans une autre aile du château.

Mme Henderson arriva, visiblement contrariée d'être dérangée si tard dans la soirée. C'était une femme d'un certain âge, vêtue d'une robe noire, ainsi qu'il convenait à sa situation; un trousseau de clefs cliquetait à sa ceinture.

– Si j'ai bien compris, vous êtes la gouvernante du neveu et des nièces de Sa Grâce? demanda Mme Henderson.

– En effet, répondit Tamara. Je m'appelle Wynne. Je suis heureuse de faire votre connaissance, madame Henderson.

La poignée de main de l'intendante manqua de cordialité.

– Vous arrivez très tard, cela me dérange beaucoup et, comme nous n'étions pas prévenus, aucune chambre n'est préparée pour vous.

– C'est la faute de la poste, expliqua Tamara. Une lettre a été envoyée à Sa Grâce, depuis plus de huit jours.

– Puis-je vous demander d'où?

– De Cornouailles.

– Oh, la Cornouailles!

Mme Henderson prononça ce nom d'un ton qui n'aurait pas été plus méprisant, si Tamara lui avait annoncé qu'ils venaient tout droit de l'enfer.

– Comme vous êtes ici, reprit l'intendante après une pause, il faut bien que je vous loge quelque part. Ce sera évidemment dans les chambres d'enfants.

Sans répondre, Tamara la suivit jusqu'au troisième étage du château.

C'est là que se trouvaient les chambres d'enfants, qui n'avaient pas servi depuis des années.

Les pièces sentaient le renfermé, car les fenêtres n'avaient pas été ouvertes depuis fort longtemps et quand les bougies furent allumées, elle put voir que le parquet n'avait pas été balayé ni les meubles époussetés.

Tamara eut envie de suggérer qu'il y avait peut-être dans le château d'autres chambres plus habitables, mais il était trop tard pour entamer une discussion.

Le plus pressé était de coucher Vava qui dormait quasiment à poings fermés.

– Pourrait-on avoir un léger repas pour les enfants, madame Henderson? demanda Tamara. Mlle Kadine et Mlle Vava boivent du lait, mais M. Sandor préfère la limonade.

– Je doute que le chef ait de la limonade, répliqua Mme Henderson, et je serais étonnée qu'on puisse vous servir un repas.

– Quelque chose de léger, des œufs ou du potage, suffirait, reprit Tamara. Les enfants sont beaucoup trop fatigués pour avoir grand faim.

– Je vais voir ce que l'on peut faire, promit Mme Henderson. Les femmes de chambre vont s'occuper des lits.

Elle sortit. Tamara se hâta d'ouvrir les fenêtres et jeta autour d'elle un regard consterné. Les tapisseries et les rideaux étaient fanés, les meubles branlants et couverts de poussière.

Elle avait l'impression que, si l'appartement des enfants avait été confortable et gai autrefois, il était resté si longtemps inhabité que son atmosphère avait bien changé.

Les chambres à coucher étaient à peine meublées. Des femmes de chambre maussades firent les lits, mais les chambres conservèrent l'aspect austère d'un établissement d'assistance publique.

« Il ne faut pas que je me laisse aller au découragement, se dit Tamara. Demain, tout s'arrangera. »

Le repas, qui leur fut apporté après une très longue attente, ne dissipa pas son pessimisme.

De toute évidence à cette heure tardive, on n'avait rien pu faire cuire. Il y avait quelques morceaux de poulet froid complètement desséchés, la moitié d'une miche de pain, un peu de beurre, du lait, une carafe d'eau.

La domestique qui apporta ce repas frugal posa sans ménagement le plateau sur une table et disparut sans laisser à Tamara le temps de demander une nappe et des serviettes. Vava était beaucoup trop fatiguée pour boire ne fût-ce que quelques gorgées de lait. Tamara la coucha et la petite fille s'endormit dès que sa tête fut sur l'oreiller.

– C'est un dîner abominable! décréta Sandor.

Tamara était de cet avis, mais ne voulut pas le montrer.

– On ne nous attendait pas et, en arrivant si tard, nous causons un grand dérangement; il faut nous accommoder de ce que l'on nous donne.

– Il n'y a pas de sel, constata Sandor.

– Tant pis! répliqua Tamara. C'est une espèce de pique-nique. Quand on prépare un pique-nique, on oublie toujours quelque chose.

Kadine était très fatiguée, Tamara réussit cependant à lui faire avaler du blanc de poulet, une petite tartine de beurre et un verre de lait. Puis la petite fille se coucha.

– Ma chambre est beaucoup plus petite que celle que j'avais à la maison, fit remarquer Sandor. Dans un si grand château, je m'attendais à être mieux logé.

– Demain, nous verrons si nous pouvons te trouver une chambre plus spacieuse, répondit Tamara.

– Pourrai-je demander à oncle Howard la permission de monter un de ses chevaux?

– Nous le lui demanderons quand l'occasion s'en présentera.

Mais à en juger par son sens de l'hospitalité, elle

songea qu'ils ne pouvaient guère espérer de faveur spéciale.

Il était inutile d'entamer une discussion à une heure si tardive et, quand le valet eut apporté leurs bagages, Tamara ne sortit des valises que le strict nécessaire, en se disant que, le lendemain, elle aurait tout le temps de ranger leurs affaires. Elle aussi était fatiguée. Pourtant, une fois couchée, elle ne put trouver le sommeil.

Allongée les yeux ouverts, elle ruminait ses griefs contre le duc, en reconnaissant toutefois que c'était l'homme le plus beau et le plus imposant qu'elle eût jamais vu.

« Même si on ignorait son rang, on reconnaîtrait en lui un aristocrate », pensa-t-elle et elle se dit que c'était bien ainsi qu'elle l'avait décrit dans son roman.

Elle l'avait appelé Ullester et, si sa méchanceté se reflétait sur son visage, physiquement il était séduisant et de belle prestance, ce qui le rendait encore plus dangereux.

« Je regrette que Me Lawson m'ait obligée à reprendre mon manuscrit, songea Tamara. Je suis sûre et certaine que le duc n'aime pas les romans. Si par aventure il lisait les miens, il est bien trop vaniteux pour s'y reconnaître. »

Cependant d'après ce qu'elle avait déjà vu du château, elle devait constater que sa description était extraordinairement exacte; la livrée des domestiques et d'autres détails correspondaient d'une manière troublante.

Le héros, le frère du duc, lord Tristan, avait toutes les vertus que doit avoir un noble chevalier. Il était bon, généreux, toujours prêt à défendre les opprimés et à protéger les pauvres.

Quand il voulut épouser l'adorable héroïne au visage d'ange, le méchant duc mit son veto et menaça son frère, s'il désobéissait, des plus terribles vengeances.

De plus, il persécuta la famille de la jeune fille et

chassa le père de sa maison : la mère mourut de chagrin, quant aux frères et sœurs, ils furent réduits à la misère.

Bien entendu, le roman s'achevait par un heureux dénouement; le duc était victime d'un accident mortel, son frère héritait du titre et de la fortune, et pouvait épouser celle qu'il aimait.

« Je ferai des changements dans la description du château, je donnerai d'autres couleurs aux livrées des domestiques, décida Tamara. Le héros ne sera plus le frère du duc, mais son cousin, et je pourrai publier mon livre sous un titre différent. »

C'était dommage, car *Le Venin de la Guêpe* était un titre amusant qui aurait excité la curiosité.

Mais si les enfants devaient vivre au château de Granchester, ce serait une erreur d'irriter davantage le duc, s'il se montrait déjà si mal disposé en leur faveur.

Les douze coups de minuit avaient sonné depuis longtemps, quand Tamara cessa d'imaginer les changements qu'elle apporterait à son roman.

Elle s'endormit enfin et ce fut pour rêver que le duc de Granchester déchirait les pages de son livre et les jetait du haut de la tour où les enfants et elle s'efforçaient de le rejoindre.

« Je vous déteste!... Je vous déteste!... » criait Tamara dans son rêve.

3

Tamara s'éveilla en sursaut et sauta hors du lit.

Elle tira les rideaux et voyant le soleil entrer à flots dans la chambre, elle se dit que ses craintes étaient exagérées et que l'avenir réservait encore des jours heureux pour ses neveux comme pour elle.

L'appartement des enfants donnait sur les jardins.

Elle aperçut des corbeilles de fleurs, des murs de briques rouges de style Tudor et des bois remplis de mystère qui s'étendaient jusqu'à l'horizon.

C'était un beau panorama et l'optimisme revint dans le cœur de la jeune fille.

« Nous ferons de belles promenades, pensa-t-elle. Je prierai le duc de prêter des chevaux aux enfants et peut-être pourrai-je les accompagner. »

A l'idée de monter un cheval de race, ses yeux étincelèrent.

A Oxford, des amis de son père lui avaient souvent permis de sortir avec leurs chevaux, l'été, pendant les vacances.

Elle était excellente cavalière et ne l'ignorait pas; l'équitation avait toujours été sa distraction favorite.

Mais le duc ferait peut-être accompagner les enfants par un de ses palefreniers et elle resterait au château. Cette pensée l'assombrit un peu.

« Je lui expliquerai que c'est moi qui ai appris à Vava à se tenir sur un poney. Peut-être m'écoutera-t-il! »

Avec une petite grimace, elle songea que le duc était maître chez lui, que sûrement il n'en faisait qu'à sa tête et que les prières laissaient insensible son cœur dur et égoïste.

Mais le soleil la disposait à l'optimisme. Elle chassa ses craintes, s'habilla et alla s'occuper des enfants.

Sandor était déjà levé quand elle entra dans sa chambre.

– Vous permettez que je descende pour explorer les jardins avant le petit déjeuner, tante Tamara? demanda-t-il. Je veux dire, mademoiselle Wynne! corrigea-t-il aussitôt. J'ai aperçu des biches sous les arbres et je voudrais les voir de plus près.

– Oui, bien sûr, tu le peux, approuva Tamara. Mais ne sois pas en retard pour le petit déjeuner. Je suppose qu'on nous l'apportera à 8 h 30. Malheureusement, il n'en fut rien.

A 8 h 50, Tamara sonna; une femme de chambre

répondit à son appel et la jeune fille demanda si on pouvait leur monter leur petit déjeuner.

– Le petit déjeuner, mademoiselle? répondit la servante, comme si elle n'avait jamais entendu parler de ce repas. Je ne crois pas que Mme Henderson ait donné l'ordre de vous apporter quelque chose.

– Nous pouvons descendre, si c'est plus commode, répliqua Tamara. Mais nous aimerions déjeuner le plus tôt possible. Nous avons grand faim, nous avons eu hier soir un repas si léger.

La femme de chambre se retira et revint une demi-heure plus tard avec un plateau.

Elle le posa sur la table et parut très surprise, quand Tamara lui demanda une nappe et des serviettes.

Les quatre œufs pochés, sur des tranches de pain rassis même pas grillées, étaient déjà froids, car le plat n'avait pas de couvercle. Ils étaient accompagnés d'un pain, d'une motte de beurre et d'un pot de confiture de prunes que les trois enfants détestaient.

La théière contenait un thé très fort et le pot de lait était tout petit.

Les assiettes pour les œufs, Tamara en était sûre, n'avaient pas été chauffées, le sel et le poivre manquaient et il n'y avait que trois tasses et trois soucoupes.

Elle demanda à la femme de chambre un peu plus de lait, une autre tasse et du sel, mais celle-ci mit si longtemps à revenir, qu'à son retour les enfants avaient mangé ce qu'ils avaient pu de ce repas si peu appétissant et ils n'avaient plus qu'une envie : sortir au soleil.

– Mon œuf est froid, je ne l'aime pas, se plaignit Vava.

– Les nôtres le sont aussi, convint Tamara. Je parlerai à Mme Henderson et je verrai si demain matin on peut nous apporter quelque chose de plus appétissant.

Mais elle se disait que le plus important était de voir le duc.

Il aurait sans doute de nombreuses questions à poser sur son frère et encore plus sur les enfants. Mais à sa grande surprise, elle ne fut pas convoquée.

Quand enfin elle demanda à un valet si le duc pouvait la recevoir, elle fut informée qu'il était parti de très bonne heure le matin et ne rentrerait que pour le dîner.

Ils purent ainsi visiter librement les jardins et les écuries où Sandor s'extasia sur les chevaux. Vava demanda à grimper sur l'un d'eux.

Le palefrenier en chef semblait être le seul personnage sympathique du château; il exauça le souhait de Vava et la promena dans la cour.

Tamara lui expliqua que c'étaient les enfants de lord Ronald et il fut en proie à une vive émotion.

– Je me rappelle bien lord Ronald! s'exclama-t-il. Quel bon cavalier! Et intrépide, toujours prêt à monter les chevaux les plus ombrageux! Le petit monsieur est tout son portrait!

– J'aimerais vous montrer que je suis aussi bon cavalier que mon père! déclara Sandor.

– Il faudra que vous parliez à Sa Grâce, mon petit monsieur, répondit le palefrenier. Il achètera peut-être des poneys pour les petites demoiselles.

Il jeta un regard interrogateur à Tamara qui lui sourit.

– C'est bien ce que nous espérons, répliqua-t-elle, et vous verrez que Mlle Vava est aussi intrépide que lord Ronald.

Vava en réalité se couvrit de honte en hurlant et sanglotant lorsqu'il lui fallut descendre du cheval.

– Je ne veux pas! Je ne veux pas! criait-elle.

Seule la perspective d'aller voir s'il y avait des poissons dans le lac l'empêcha de courir après les palefreniers qui partaient avec les chevaux en promenade.

– Je voudrais les accompagner, murmura Sandor.

– Il faut d'abord demander la permission à ton oncle, répondit Tamara.

Il y avait tant de choses à voir que les enfants passèrent une matinée enchantée, jusqu'au moment où il fallut retourner au château pour le déjeuner.

Avant de sortir, Tamara avait demandé à rencontrer Mme Henderson. On lui avait répondu qu'elle était occupée. Sitôt rentrée, la jeune fille répéta sa requête et l'intendante monta à l'appartement des enfants. A l'expression de son visage, Tamara comprit qu'elle n'avait rien de bon à en attendre.

– Ce n'est pas mon affaire, mademoiselle, répliqua froidement Mme Henderson. Ce matin j'ai transmis vos ordres au chef et je lui ai dit qu'il faudrait aussi vous servir maintenant. C'est lui qui compose les menus, car il connaît les habitudes et les goûts de Sa Grâce.

– Je sais que c'est un grand dérangement de nous monter nos repas ici, fit observer Tamara. N'y a-t-il pas, au rez-de-chaussée, une pièce où nous pourrions nous installer pour manger?

– Il y a certainement beaucoup de pièces dans le château, répondit Mme Henderson, mais aucune qui convienne à des enfants.

– Vous vous apercevrez bien vite qu'ils sont bien élevés et qu'ils ne causent aucun dégât, dit Tamara.

Elle eut un sourire qui eût attendri un rocher, mais qui fut sans effet sur Mme Henderson.

– Ils étaient toujours avec leurs parents, continua-t-elle, dans la salle à manger, dans le salon. Ils aiment les beaux meubles et savent se tenir partout où ils sont.

Elle disait la vérité. Lord Ronald et Maïka adoraient leurs enfants, ils se refusaient à les reléguer dans un appartement séparé et les gardaient auprès d'eux dans un cadre agréable et non luxueux.

Au Manoir, les enfants occupaient les chambres les mieux situées et les plus gaies. Quand ils n'étaient pas au salon avec leurs parents, ils allaient dans une salle de jeu où ils s'amusaient et apprenaient leurs leçons.

C'était au rez-de-chaussée, une grande pièce très

claire qui donnait sur le jardin. Maïka avait pris plaisir à l'orner de meubles simples mais élégants.

N'ayant plus rien à ajouter, Mme Henderson fit mine de se retirer, mais Tamara la retint.

– Voulez-vous envoyer des servantes pour nettoyer les chambres? interrogea-t-elle. Elles ont été fermées si longtemps qu'elles sont pleines de poussière; vous pouvez le constater comme moi.

– Les servantes sont trop occupées, j'en ai peur, répondit Mme Henderson. Peut-être dans le courant de la semaine, trouveront-elles une heure ou deux, mais dans l'immédiat je ne peux pas vous promettre qu'on viendra nettoyer les chambres.

Puis elle sortit majestueusement. Tamara comprenait fort bien la situation : aux yeux de l'intendante, les enfants représentaient un supplément de travail, une intrusion indésirable dans une vie qui, à n'en pas douter, se composait surtout de loisirs.

« Que pouvait-on attendre d'autre des domestiques d'un homme comme le duc! » songea-t-elle.

Elle remonta à l'appartement des enfants pour faire les lits en attendant le déjeuner qui fut servi de nouveau avec une demi-heure de retard.

Cette fois le repas était franchement infect. Le rôti de mouton était si mal cuit que les enfants ne purent arriver à le mastiquer et la sauce était à moitié figée.

Aucun légume vert n'accompagnait la viande, seulement des pommes de terre à moitié brûlées; quant au dessert, il se composait d'une moitié de pudding sans crème, aussi peu appétissant que le reste.

Au Manoir, les repas étaient simples, mais bien préparés. Maïka et Tamara s'en chargeaient, secondées par Lucie qui à leur contact était devenue elle aussi un vrai cordon-bleu.

Maïka ne voulait pas que son mari, parce qu'il l'avait épousée, fût privé des agréments de la vie. Ainsi s'ingéniait-elle à cuisiner pour lui les plus délicieuses recettes de France et de Hongrie dont sa mère lui avait enseigné le secret.

Le soir, quand ils n'étaient que trois à table, le repas était particulièrement succulent et lord Ronald disait souvent que les maîtres queux du château de Granchester ne lui avaient jamais servi rien de pareil.

Et si les sauces compliquées dont leur père se régalait ne valaient rien pour les enfants, Sandor, Kadine et Vava avaient une nourriture plus simple, mais toujours délicieuse.

Le potager et le verger derrière la maison fournissaient des légumes et des fruits en abondance; tout ce qu'ils mangeaient était de première qualité.

Ce changement de régime aurait certainement des répercussions sur la santé des enfants et Tamara éprouvait de vives inquiétudes.

– Cette viande est trop dure, je ne peux pas l'avaler, constata Sandor, après de vains efforts pour mâcher le mouton coriace.

– Moi non plus, approuva Tamara d'un ton de profond découragement.

– J'ai faim! gémit Vava. J'ai faim!

– Je verrai votre oncle et demain, peut-être, tout ira mieux, promit Tamara.

Le convaincre ne serait certainement pas facile. Elle avait l'impression que les domestiques ne faisaient qu'imiter l'indifférence, voire l'hostilité du duc envers eux.

– Allons dans le verger cueillir des pêches, proposa Sandor en refusant d'un geste le pudding. J'en ai vu des quantités sur les arbres ce matin pendant ma promenade.

Cette suggestion ne plut pas beaucoup à Tamara qui ne voulait pas se montrer inconvenante, mais Kadine et Vava l'accueillirent avec des cris de joie; aussi, sans enthousiasme, accepta-t-elle de les suivre dans le verger.

Elle espérait trouver un jardinier, pour lui demander la permission de cueillir quelques fruits, mais ils ne rencontrèrent personne et Sandor disparut au milieu des arbres.

Il revint bientôt, chargé de quatre énormes pêches mûres à point, si juteuses et si sucrées que Tamara oublia ses scrupules et se régala autant que les enfants.

Plus loin, ils trouvèrent une treille couverte de raisin muscat et ils se partagèrent une lourde grappe aux énormes grains parfumés.

Ensuite, ils découvrirent des espaliers de poiriers, des groseilliers et des lignes de framboisiers que des treillis protégeaient de la voracité des oiseaux.

– Nous aurons mal au ventre si nous mangeons tant de fruits, déclara Tamara. Cueillons des framboises et gardons-les pour ce soir.

– Demandons de la crème pour les accompagner, proposa Kadine. Papa raffolait des framboises à la crème.

– C'était son dessert préféré.

– Maman aimait mieux les pêches, fit remarquer Sandor.

– Je veux une autre pêche, réclama Vava qui était gourmande.

Tamara s'y opposa fermement; la petite fille avait mangé assez de fruits.

En regagnant le château, ils traversèrent le potager; il y avait des petits pois prêts à être cueillis, et beaucoup d'autres légumes, y compris de fraîches laitues.

– Coupe une laitue, ordonna-t-elle à Sandor. Si on ne nous envoie rien de bon pour le goûter, je vous ferai des sandwiches à la salade.

Les enfants se réjouirent à cette idée et Sandor avec son canif coupa une laitue. Ils arrachèrent aussi des radis qui poussaient en abondance dans un autre carré du potager.

Ce ne fut pas un repas très nourrissant, mais il apaisa leur faim. A l'heure du goûter, comme Tamara s'y attendait, on ne leur apporta que l'inévitable miche de pain avec un pot de confiture de prunes. La salade et les radis furent ainsi un supplément très appréciable.

Cela ne valait pas bien entendu les brioches, les cakes et les autres douceurs que leur mère leur préparait au Manoir, mais les enfants ne se plaignirent pas.

Quant aux framboises, qui avait teinté de rouge la casquette de Sandor, Tamara les garda pour le dîner.

Quand ce fut l'heure, elle aussi avait une faim de loup. On leur monta comme la veille du poulet froid, mais accompagné cette fois de quatre épaisses tranches de jambon.

Il y avait aussi sur le plateau un grand pot de lait. Tamara fit prendre à Vava du pain trempé dans du lait et la persuada, non sans peine, de manger un peu de poulet qu'elle coupa en très petits morceaux.

Elle avait bien demandé de la crème, mais les servantes firent la sourde oreille. Ils durent se contenter de mettre les framboises dans du lait, ce qui, après tout, valait mieux que rien.

« Ce soir, je parlerai au duc et je lui dirai qu'on ne peut continuer à nous traiter ainsi », se promit Tamara.

Lorsque Kadine et Vava furent au lit, elle descendit et demanda si le duc voulait bien la recevoir. Le majordome l'informa que Sa Grâce ne dînait pas au château. Il avait une longue distance à parcourir et était parti de très bonne heure.

– Le duc pourrait-il me recevoir demain matin? insista Tamara. C'est de la plus grande importance.

– Je transmettrai le message à Sa Grâce, mademoiselle, répondit le majordome d'une voix qui montrait clairement qu'elle n'avait guère le droit de se montrer si exigeante.

Elle remonta et, quand les trois enfants furent endormis, elle essaya de lire un des livres qu'elle avait apportés dans ses bagages.

Mais elle ne parvenait pas à s'intéresser à sa lecture et sa pensée revenait toujours à la situation présente, à l'hostilité des domestiques, à l'indifférence que leur montrait le duc.

« Si cela continue, que faudra-t-il que je fasse? » se demanda-t-elle.

Cette question, elle se la posa de nouveau le lendemain matin, car après avoir attendu vainement d'être convoquée par le duc, elle descendit à 10 heures pour apprendre que Sa Grâce avait quitté le château de bon matin, sans fixer l'heure de son retour.

– N'y a-t-il personne d'autre à qui je puisse parler? demanda la jeune fille au majordome d'un ton si autoritaire qu'il la regarda avec surprise.

– Le comptable de Sa Grâce est à Londres pour le moment, répondit-il. Nous attendons le retour du commandant Melville, au début de la semaine prochaine. Quand il sera là, je suis sûr, mademoiselle, qu'il écoutera tout ce que vous avez à lui dire.

– Au commencement de la semaine prochaine! s'exclama Tamara.

Il fallait attendre encore quatre jours, souffrir de la faim pendant tout ce temps, et les enfants à qui manquait une nourriture substantielle seraient peut-être malades.

Pendant le reste de la matinée, ils se promenèrent dans les jardins. Tamara restait silencieuse; elle réfléchissait et dressait ses plans.

A l'heure du déjeuner, on leur apporta de nouveau de la viande immangeable et des pommes de terre à moitié cuites. Tamara contempla ces victuailles puis elle ordonna aux enfants de la suivre.

– Où allons-nous? interrogea Sandor

– Tu le verras! répliqua Tamara d'un air farouche.

Elle avait déjà repéré l'escalier de service. Ils s'y engagèrent et, bientôt, se trouvèrent au rez-de-chaussée, dans la partie du château réservée aux domestiques.

Elle s'avança résolument dans le corridor et pénétra dans une immense cuisine où le chef et ses aides s'activaient devant une immense cuisinière.

« Il prépare, pensa-t-elle, un repas pour le personnel. » A l'odeur appétissante qui montait des casseroles, elle jugea que ce déjeuner ne ressemblerait en rien au leur.

– Bonjour, dit-elle au chef.

Il fit volte-face et resta stupéfait devant cette visiteuse accompagnée de trois enfants.

– Bonjour, répondit-il au bout d'un moment.

– Bonjour, monsieur, reprit Tamara en français, et elle continua : Nous venons vous voir, monsieur, car je suis bien certaine que ce n'est pas vous qui avez envoyé au neveu et aux nièces de Sa Grâce un repas tout à fait immangeable.

Le chef resta interdit pendant quelques secondes.

– De quoi vous plaignez-vous? demanda-t-il d'une voix furibonde.

– Je n'ai pas besoin d'expliquer : un cuisinier venu de France sait bien ce qui est mangeable et ce qui ne l'est pas.

Cette réponse le piqua au vif. Au comble de l'irritation, il répondit par un discours d'où il ressortait que ce n'était pas son travail de faire la cuisine pour des enfants, qu'il s'occupait seulement de Sa Grâce, des invités qui venaient au château et du personnel; il avait tout juste assez d'assistants pour l'aider dans cette tâche.

Tamara attendit patiemment pour prendre la parole qu'il fût hors d'haleine.

– Si vous manquez de personnel, je préparerai moi-même le déjeuner des enfants. Je ne tiens pas à ce qu'ils tombent malades pour avoir mangé des saletés qu'on ne donnerait même pas à des chiens!

Elle employait à dessein des mots blessants et, ainsi qu'elle le souhaitait, l'homme fut pris d'une violente colère : il se mit à crier, à gesticuler, à prononcer des paroles incohérentes.

– Comme je vous l'ai déjà dit, je manque de bras pour faire la cuisine à des enfants. Vous mangerez ce qu'on vous envoie, ou vous vous serrerez la ceinture, conclut-il.

– Je n'accepte aucune de ces deux solutions, déclara Tamara. Nous mourons littéralement de faim et je vais immédiatement préparer un déjeuner mangeable pour ces enfants qui ne veulent pas rester le ventre creux.

Tout en parlant, elle se dirigea résolument vers la table. Le Français leva les bras au ciel et se mit à hurler :

– Faites ce que vous voulez! Je m'en vais! Je ne permettrai pas qu'on vienne m'insulter dans ma cuisine!

Il sortit en faisant claquer la porte. Les aides-cuisiniers en restaient bouche bée.

– Donnez-moi une poêle, des œufs, du beurre, du sel, du poivre et une terrine, ordonna Tamara.

Ils la regardèrent d'un air stupéfait, mais sa voix était si ferme et si autoritaire qu'ils lui obéirent sans protester.

– Prenez une nappe propre, s'il vous plaît, et mettez le couvert pour quatre personnes sur cette table, reprit-elle. (Puis elle dit aux enfants :) Asseyez-vous, chéris, je vais vous préparer un repas convenable. Je ferai le plus vite possible.

Elle mit un gros morceau de beurre dans la poêle qu'elle posa sur la cuisinière. Ouvrant le four et constatant que plusieurs poulets cuisaient à la broche, elle commanda à un marmiton de les retourner.

Il obéit aussitôt et elle jeta du sel et du poivre sur le poulet le plus proche. Puis elle cassa une demi-douzaine d'œufs dans une terrine et les battit avec une fourchette, pendant que le beurre fondait dans la poêle.

Sur un buffet, elle aperçut une corbeille de tomates. Elle demanda au marmiton d'en mettre six dans de l'eau chaude, de les peler et de les épépiner.

Quand les tomates furent cuites, elle les ajouta à

l'omelette qu'elle plia et fit glisser dans un plat que, sur son ordre, on avait chauffé au four avec quatre assiettes. L'omelette était parfaitement réussie, moelleuse à l'intérieur et toute dorée à l'extérieur.

Elle la posa au milieu de la table.

– Servez-vous, chéris, dit-elle. Je vais m'occuper du poulet.

Elle l'arrosa de sauce et il sentait délicieusement bon.

Pendant qu'il finissait de cuire, elle fit revenir des petits champignons et demanda un saladier en bois.

Il n'y en avait pas. On lui en donna un en verre, en même temps que des laitues et un couteau. Elle fit remarquer qu'il ne fallait jamais se servir d'un couteau pour couper une salade verte.

– Il faut détacher doucement les feuilles avec les doigts, puis les tourner dans la sauce.

Tout en parlant, elle préparait la sauce que les enfants préféraient avec de l'huile, du vinaigre, de la moutarde, un peu de sucre.

Quand le poulet fut prêt, elle le découpa adroitement comme le lui avait appris sa mère, le garnit de cresson et l'entoura avec les champignons.

Enfin elle vint s'asseoir à table. Les enfants ne lui avaient laissé qu'un petit morceau d'omelette. Ils l'avaient trouvée délicieuse, mais avaient encore assez faim pour le poulet.

Elle donna une aile à chacune des petites filles; les cuisses furent pour Sandor et pour elle.

Le poulet était tendre et cuit à point; la salade et les champignons en rehaussaient la saveur.

Tamara mangea rapidement, puis se leva et demanda des fruits.

On lui proposa des framboises et des groseilles. Elle choisit les groseilles et pria le marmiton de lui apporter un blanc d'œuf et du sucre en poudre.

Tous furent surpris par cette dernière requête et la regardèrent avec surprise quand elle prit une grappe de groseilles entre le pouce et l'index, la plongea dans le blanc d'œuf et la laissa égoutter avant de la rouler dans le sucre.

C'était un dessert dont les enfants raffolaient. Bientôt les groseilles blanches remplirent un grand plat qui fut vidé en quelques minutes. Vava récita le *benedicite* et ils se levèrent de table.

– Merci de votre aide, dit Tamara aux marmitons. Je vous serais très reconnaissante de préparer un cake et quelques brioches pour le goûter.

Ils lui adressèrent un sourire et elle se tourna vers le chef revenu dans la cuisine et qui se tenait dans un coin, les yeux fixés sur elle.

– Il faut que je vous remercie vous aussi, monsieur, de votre hospitalité, reprit-elle en français. C'est le premier repas convenable que nous mangeons depuis notre arrivée au château et j'espère que ce ne sera pas le dernier.

Pour toute réponse, elle obtint du Français un grognement où se mêlaient la fureur et la moquerie.

– Je donnerai ma démission ! cria-t-il. Je ne resterai pas dans cette maison pour m'y faire insulter ! Nous verrons ce que dira Sa Grâce, et s'il donnera la préférence à des mioches insupportables ou à un homme qui lui fait une cuisine à se lécher les doigts.

Sur ce, il sortit de nouveau en claquant la porte. Tamara se tourna vers les enfants.

– Nous avons déchaîné une tempête qui, j'en ai peur, se transformera en cyclone ! fit-elle remarquer.

Les deux petites filles ne comprirent pas, mais Sandor se mit à rire.

– Vous êtes très courageuse, déclara-t-il. A votre place, maman aurait agi comme vous.

– J'en suis sûre et certaine, approuva Tamara, et c'est pour cette raison, Sandor, que nous attendrons les événements avec tranquillité.

Kadine et Vava firent la sieste selon leur habitude. Tamara aida Sandor à faire une version latine.

En Cornouailles, le curé du village faisait travailler

le jeune garçon, mais Tamara avait une très bonne connaissance du latin.

– Comment poursuivrai-je mes études? interrogea Sandor.

– Pour cela comme pour le reste, il faut attendre de voir le duc, répondit Tamara. C'est à lui d'en décider. Mais il doit y avoir quelque part dans ce château une grande bibliothèque. Je me rappelle que ton père m'en avait parlé.

– Cherchons-la et voyons s'il y a un bibliothécaire, proposa Sandor.

Ils trouvèrent un homme âgé dans la plus belle bibliothèque que Tamara eût jamais vue.

Le bibliothécaire s'appelait Aitken et veillait également à l'entretien des trésors que contenait le château.

Sandor aussitôt le bombarda de questions sur la tour normande, les cachots, les tapisseries du grand hall et sur tout ce qui le captivait.

M. Aitken avait bien connu lord Ronald et, pour sa part, il mettait toute la bibliothèque à la disposition de Tamara et des enfants.

Tamara qui avait la passion de la lecture fut remplie de joie par cette promesse. Elle décida de faire de fréquentes visites à la bibliothèque où elle trouverait sûrement des ouvrages qui intéresseraient Sandor.

Ce jour-là, elle ne pouvait s'attarder car les petites filles étaient restées seules dans leur chambre. Ils remontèrent donc et, lorsque Kadine et Vava furent réveillées, Sandor insista pour se rendre aux écuries.

Ils avaient déjeuné si tard que l'après-midi touchait déjà à sa fin, mais Abbey, le vieux palefrenier, les accueillit avec plaisir et hissa tout de suite Vava sur le dos d'un cheval.

– Vous dressez beaucoup de chevaux de course? interrogea Sandor.

– Beaucoup, mon petit monsieur, répondit le palefrenier. Sa Grâce en fera courir deux cette semaine aux courses de Cheltenham et nous espérons bien avoir un vainqueur.

« Les courses de Cheltenham! » pensa Tamara.

C'était donc là que le duc passait son temps depuis quelques jours et s'il attendait la fin des courses pour régler le problème des enfants, il n'était pas sans excuses.

Cependant, il aurait pu leur envoyer un message pour les informer des raisons de son absence.

– Comment dressez-vous les chevaux? demanda Sandor.

Le vieux palefrenier eut un petit rire.

– Je vais vous le montrer, petit monsieur.

Il le conduisit à l'extrémité des écuries où un enclos avait été aménagé en champ de courses.

Lord Ronald le lui avait décrit et elle l'avait mentionné dans son roman.

Les obstacles étaient exactement tels qu'elle les avait représentés, comme si elle avait le don de double vue.

– Ils ont l'air faciles à sauter, déclara Sandor, après les avoir examinés.

Le palefrenier rit de nouveau.

– Vous ne diriez pas cela, si vous étiez sur le cheval, protesta-t-il. A Cheltenham, plus d'un cheval tombera et les obstacles sont rigoureusement semblables à ceux-ci.

Sandor garda le silence. Il continua à observer les haies artificielles et les fossés, et il aperçut une barrière à cinq barreaux qui n'était pas sur le champ de courses, mais à côté.

– Vous la faites sauter aussi par les chevaux? interrogea-t-il.

– C'est un nouvel obstacle, il ne sert qu'à Sa Grâce, répondit le palefrenier. Il n'est pas pour les chevaux de course, mais pour ceux qui prennent part aux chasses.

– C'est une bonne idée! s'écria Sandor enthousiaste.

– On l'a installé d'une façon nouvelle, expliqua le palefrenier. Si le cheval que le duc entraîne ne parvint pas à le sauter, le barreau du haut tombe.

– Et le cheval ne se casse pas les genoux, conclut Sandor en riant.

Il constata que les barreaux ne tenaient que légèrement aux deux poteaux qui les encadraient. Un cheval, heurtant de ses sabots le barreau supérieur, ébranlerait simplement la barrière et ne risquerait donc pas de tomber.

Vava appela Tamara à grands cris et la jeune fille s'approcha de la petite écuyère.

– Je veux aller plus vite, beaucoup plus vite! disait Vava au jeune palefrenier qui conduisait le cheval par la bride.

– Tu vas assez vite, répliqua Tamara en souriant. C'est un grand cheval, pas le poney dont tu as l'habitude.

– Ce sera une excellente cavalière, elle a ça dans le sang comme son frère, affirma Abbey.

Tamara regarda autour d'elle et s'aperçut que Sandor, un instant livré à lui-même, avait persuadé le vieux palefrenier de lui prêter un des chevaux qui rentraient de leur promenade quotidienne.

C'était un grand étalon noir et le jeune garçon d'écurie qui le montait déclara en sautant à terre :

– En retenant Samson, j'ai failli me tordre le poignet. Mais après cette longue course, il est un peu moins fougueux.

– Parfait! approuva le palefrenier en chef.

Sandor se pavanait dans la cour, enchanté de monter un si beau cheval.

– Il est magnifique, n'est-ce pas, mademoiselle Wynne? cria-t-il.

– Et deux fois plus haut que ton poney de Cornouailles, répliqua-t-elle.

Sandor tira les rênes, fit tourner le cheval, gagna l'extrémité de la cour et soudain se dirigea vers le champ de courses.

Le vieux palefrenier poussa un cri :

– Revenez, petit monsieur! Vous ne pouvez pas faire sauter les obstacles à ce cheval, il est beaucoup trop grand pour vous!

Mais Sandor n'entendit pas ou ne voulut pas entendre : il entra dans le champ de courses, sauta le premier obstacle avec aisance et se dirigea vers le suivant.

– Il n'a pas le droit! grommela le vieil Abbey. Si le petit monsieur tombe, Sa Grâce me fera des reproches.

– Ne vous inquiétez pas, dit calmement Tamara. M. Sandor est un excellent cavalier. Il n'a jamais monté un cheval aussi magnifique, mais depuis des années qu'il accompagne son père dans les bois, il ne lui est jamais rien arrivé.

Sandor sauta une nouvelle haie et courut vers un fossé.

Tamara qui le suivait des yeux admira son intelligence et son sang-froid. Sans se presser, il choisissait le bon moment pour aborder l'obstacle et l'étalon s'envolait comme Pégase au-dessus de la haie; un cavalier expérimenté n'aurait pas mieux réussi.

Elle était si heureuse de son succès qu'elle poussa un petit cri et battit des mains.

– Bravo! C'est très bien! s'exclama-t-elle. J'étais sûre qu'il ne tomberait pas!

Une voix dure s'éleva derrière elle.

– Puis-je demander ce qui se passe ici?

Tamara dont le cœur battait à se rompre se rendit compte que, pendant qu'elle regardait Sandor, le duc était arrivé dans la cour sans que personne fasse attention à lui.

Le palefrenier et la jeune fille se retournèrent d'un même mouvement.

Le duc était encore plus imposant et plus impressionnant que lors de leur premier entretien.

Il portait une culotte champagne, des bottes étincelantes, et un bicorne était posé sur ses cheveux bruns.

A côté de lui un homme un peu plus âgé, vêtu à la dernière mode, observait Tamara derrière son lorgnon. Brusquement, la jeune fille s'avisa du spectacle qu'elle offrait.

Elle n'attendait pas le duc avant le soir et, comme il faisait très chaud, elle avait revêtu une robe de mousseline légère et dénoué ses cheveux.

Son chapeau, retenu par un ruban, se balançait à son bras. Pour une promenade dans le jardin avec les enfants, Tamara avait jugé cette tenue suffisante.

Sans même chercher les yeux du duc, trop certaine d'y lire la réprobation, elle savait qu'elle n'avait pas le maintien sévère et digne que l'on est en droit d'attendre d'une gouvernante.

– Qui a permis à ce garçon de monter mon cheval? demanda-t-il.

– Je croyais qu'il ne quitterait pas la cour, Votre Grâce, balbutia le palefrenier, mais le petit monsieur s'est élancé dans le champ de courses sans que j'aie eu le temps de l'en empêcher.

Sandor sauta une autre haie.

– C'est le portrait tout craché de son père, ajouta Abbey. Quand il sera grand, il sera aussi bon cavalier que Votre Grâce.

Le duc serra les lèvres et Tamara trouva son visage de plus en plus menaçant. Son compagnon se mit à rire.

– J'ignorais, Howard, que vous aviez des enfants au château, dit-il. Je vous en prie, présentez-moi à cette charmante jeune femme qui, selon toute apparence, s'occupe d'eux.

– C'est leur gouvernante, répondit le duc d'un ton froid.

– J'aimerais beaucoup faire sa connaissance, insista son ami.

Pour mettre fin à cette scène embarrassante, Tamara se dirigea vers Vava que le garçon d'écurie promenait toujours dans la cour.

– C'est l'heure de rentrer pour le goûter, dit-elle.

– Je veux rester sur le cheval et aller plus vite, lui dit Vava.

– Moi je veux goûter! s'exclama Kadine.

Elle distribuait aux chevaux, dans les stalles, des carottes qu'un garçon d'écurie lui avait données.

– Nous rentrerons dès le retour de Sandor, déclara Tamara.

Kadine se tourna vers le champ de courses et aperçut le duc.

– Oncle Howard est là! s'exclama-t-elle. Je vais lui demander s'il veut m'acheter un poney.

Tamara n'eut pas le temps de la retenir. La petite fille avait déjà traversé la cour et, sans aucune timidité, saisissait la main du duc.

Etonné, il baissa les yeux sur elle.

– Oncle Howard, j'aimerais bien avoir un poney! supplia-t-elle. J'en avais un à la maison et je veux devenir aussi habile que Sandor. Il me faudrait un poney à moi.

Elle l'implorait du regard et l'ami du duc éclata de rire.

– Je ne crois pas que vous puissiez refuser une requête exprimée si gentiment, Howard, dit-il.

Il prit Kadine dans ses bras.

– Comment vous appelez-vous, petite fille?

– Kadine, répondit-elle. Et vous?

– Je m'appelle Cropthorne.

– C'est un drôle de nom!

– Vous trouvez? Votre nom est très joli et vous aussi vous êtes très jolie.

– Je ne le suis pas autant que ma maman.

– Alors elle doit être ravissante.

Kadine se débattit dans ses bras.

– Je veux aller goûter, dit-elle. Le goûter était très mauvais hier, mais aujourd'hui je crois que nous aurons un cake.

Il la posa à terre, lui prit la main et la conduisit à Tamara.

– Il paraît que vous avez du cake pour le goûter,

dit-il. J'adore le cake! Je serais très heureux si vous m'invitiez.

Le ton de sa voix, l'expression de ses yeux déplurent à Tamara; elle eut le sentiment que cet homme était dangereux.

– Un goûter d'enfants, ce n'est pas digne de vous! protesta-t-elle.

– Il y a certainement bien longtemps que je n'ai pas goûté avec des enfants, convint-il, mais être en votre compagnie me ferait un grand plaisir.

On ne pouvait se méprendre à son regard, à ses accents enjôleurs. Tamara s'empourpra et se hâta de faire descendre de cheval Vava qui sanglotait.

Elle constata alors que Sandor, après un dernier tour du champ de courses, ramenait l'étalon vers les écuries.

Le jeune garçon était rouge de plaisir et ses yeux brillaient.

– C'est un cheval merveilleux, oncle Howard! s'écria-t-il en apercevant le duc. Vous me permettrez de le monter de nouveau, s'il vous plaît?

– Vous n'avez pas attendu ma permission cette fois, déclara sévèrement le duc.

– Mlle Wynne voulait vous la demander ce matin, reprit Sandor, mais vous étiez déjà parti et je voulais essayer vos obstacles

– Vous n'auriez pas dû aller dans le champ de courses sans me demander la permission, intervint le vieil Abbey. Vous auriez pu tomber, petit monsieur, et j'aurais eu des ennuis.

– Je ne tombe pas souvent! proclama Sandor. Quand je tombais, mon père m'obligeait à remonter tout de suite à cheval et je n'ai pas peur des chutes.

Il sauta à terre et courut vers le duc.

– Vous me permettrez de monter votre cheval, oncle Howard, n'est-ce pas?

– Cela dépendra de beaucoup de choses, répliqua froidement le duc. J'examinerai cette question avec votre gouvernante quand j'en aurai le temps.

Puis il s'éloigna et Sandor le suivit des yeux, bouche bée.

Il passa devant Tamara qui tenait Vava par la main et se dirigea vers le château; la jeune fille ne put s'empêcher d'admirer sa dignité et sa magnifique prestance.

Son ami qui le suivait s'arrêta pour dire quelques mots à Tamara.

– Vous ne m'invitez pas à goûter, mais je vous reverrai, vous pouvez en être sûre.

Tamara garda le silence. Il lui adressa un sourire d'une familiarité qu'elle trouva révoltante, puis il rejoignit le duc.

– Croyez-vous qu'oncle Howard me prêtera son cheval? demanda Sandor.

– Je l'espère, répondit Tamara, mais il est impossible de prédire ce qu'il fera. Quel dommage qu'il soit revenu des courses si tôt!

Mais elle ne voulait pas inquiéter les enfants, et elle se mit à rire gaiement.

– Remercie Abbey de t'avoir permis cette promenade, Sandor. Maintenant, rentrons vite pour le goûter. Courons!

Ils montèrent à l'appartement des enfants et constatèrent que les souhaits de Tamara avaient été exaucés : il y avait un cake et des brioches, accompagnés d'un rayon de miel et d'un pot de confiture de fraises.

– Eh bien, tout va de mieux en mieux! s'écria Tamara.

Mais elle ne pouvait s'empêcher de se demander quels étaient les sentiments du duc à leur égard.

De toute évidence, les talents de cavalier de son neveu ne lui avaient inspiré aucune fierté, bien au contraire. Tamara avait l'impression que les compliments de M. Cropthorne rendraient sa position encore plus difficile et lui vaudraient l'antipathie du duc.

Elle éprouva un brusque désir de s'enfuir.

Si seulement elle pouvait retourner en Cornouailles

avec les enfants! Pourquoi leur fallait-il renoncer au bonheur paisible qu'ils goûtaient au Manoir?

De nouveau elle se sentit écrasée par la magnificence du château, sans force pour affronter l'hostilité des domestiques et surtout celle du duc!

« Je le déteste! » se répéta-t-elle à plusieurs reprises tout bas, à la manière d'une incantation pour se redonner un peu de courage.

4

Tamara croyait que le duc l'enverrait chercher plus tard dans la soirée. Elle se prépara donc à cet entretien si redouté. Elle enfila sa robe verte et rassembla ses cheveux en un gros chignon sur la nuque, dans l'espoir de paraître plus âgée et d'avoir l'air austère qui convient à une gouvernante.

Mais elle remarqua ses yeux qui, conséquence de la sévérité de sa coiffure, paraissaient plus grands et plus brillants.

Mais le duc ne lui accorderait que peu d'attention : elle n'était pour lui qu'une gouvernante sans importance.

A 6 heures du soir, juste au moment où elle couchait Vava, un valet frappa à la porte.

– Sa Grâce demande à vous voir, mademoiselle.

– Si vous voulez bien m'attendre deux minutes, vous me conduirez auprès de Sa Grâce, répondit Tamara.

– Le duc est dans le salon bleu.

– J'ignore où se trouve le salon bleu et je vous serais très obligée de m'y accompagner.

Le valet accepta d'un signe de tête et s'appuya contre le chambranle de la porte dans une attitude un peu trop familière. Sans doute estimait-il qu'avec une domestique, les marques de respect ne s'imposaient pas.

Elle porta Vava dans sa chambre, la mit au lit et ordonna à Kadine de se coucher, dès qu'elle aurait fini de boire son lait.

– Occupe-toi de tes sœurs, Sandor, recommanda-t-elle.

Le jeune garçon lisait, assis près de la fenêtre.

– Je vous le promets, mais n'oubliez pas de demander si je peux monter tous les chevaux des écuries.

– Tu auras de la chance si tu obtiens cette permission, répliqua Tamara, mais je ferai de mon mieux.

Elle jeta un dernier regard à la glace. Elle épingla deux boucles qui s'étaient échappées de son chignon et rajusta l'ordonnance de sa toilette que Vava avait dérangée en se jetant dans ses bras.

Elle se reprocha d'avoir peur; c'était tout à fait absurde. Cependant en descendant l'escalier et en parcourant l'immense hall derrière le valet, elle songea que personne, jusqu'alors, ne l'avait terrorisée comme le duc.

« Ce n'est pas que je le craigne, lui personnellement, pensa-t-elle, mais il pourrait m'enlever les enfants! »

Le valet ouvrit une porte.

– Mlle Wynne, Votre Grâce, annonça-t-il.

Tamara entra dans la pièce.

Le duc était seul, debout à l'extrémité du salon, adossé contre la cheminée.

On était en plein été, le feu n'était donc pas allumé dans l'âtre. Il avait pris cette attitude pour paraître plus imposant : il était pareil à un roi, et Tamara n'était qu'une suppliante qui aurait dû se jeter à ses genoux...

Elle fut obligée d'admettre qu'il était très beau, mais son expression cynique ne le rendait pas sympathique et il semblait éprouver un profond mépris pour sa visiteuse.

Avant qu'il prononce un mot, elle se rebella, leva le

menton, ses yeux le défièrent et elle s'avança sans manifester l'inquiétude qui la torturait.

Elle fit une révérence et attendit. Elle sentait qu'il l'observait, comme s'il cherchait à deviner ses pensées et elle fut prise de colère.

– J'ai l'impression que vous avez pris un grand nombre de libertés depuis votre arrivée chez moi, dit enfin le duc.

Tamara garda le silence.

– J'ai appris que les enfants, qui sont particulièrement mal élevés, ont volé des fruits dans le verger; de plus, vous avez fait un esclandre dans la cuisine et insulté mon chef qui menace de me donner sa démission.

Un esclandre! En entendant ce mot, Tamara ne put réprimer un sourire.

Elle en était sûre : le chef n'avait nullement l'intention de démissionner ainsi qu'il l'en avait menacée. Il se contenterait de tempêter et d'accuser les enfants et leur gouvernante.

– Eh bien, qu'avez-vous à dire pour votre défense? demanda le duc.

– J'ai beaucoup à dire, Votre Grâce, répliqua Tamara d'une voix froide. En premier lieu, je ne peux supporter que les enfants souffrent de la faim et se rendent malades avec une nourriture de mauvaise qualité et mal préparée. Par ailleurs, je n'aurais jamais imaginé qu'on les traiterait de voleurs, parce qu'ils ont cueilli quelques fruits dans le verger de leur oncle.

– Que reprochez-vous aux repas qu'on leur a servis? interrogea le duc.

– Ils étaient insuffisants et immangeables.

– C'est votre opinion.

– N'importe qui en aurait jugé de même. Hier, les enfants n'ont pu avaler une seule bouchée; ils avaient si faim que j'ai dû leur préparer un déjeuner convenable, le premier depuis leur arrivée au château.

– Je ne puis croire que mon chef, dont la cuisine est

appréciée par les gourmets, ne soit pas assez bon pour trois enfants et leur gouvernante.

– Son talent culinaire n'est pas en cause, répliqua Tamara. Les œufs pochés qu'on nous a envoyés pour le petit déjeuner étaient froids avant d'arriver à notre étage. Les restes de poulet et de mouton étaient si durs que les domestiques n'en auraient pas voulu. Cependant on les a jugés assez bons pour des enfants dont Votre Grâce ne se préoccupe pas.

Il ouvrit la bouche, mais elle ne lui laissa pas le temps de parler.

– Les domestiques suivent l'exemple de leur maître. Vous avez accueilli les enfants de votre frère avec une froide indifférence et tout le monde vous imite, non seulement le personnel de la cuisine, mais encore tous les autres habitants du château.

Elle leva un peu plus son menton.

– Au cas où Votre Grâce l'ignorerait, ajouta-t-elle, je l'informe qu'une gouvernante a pour tâche de s'occuper de l'éducation et de l'instruction des enfants à elle confiés. Ainsi ce n'est pas son travail de faire leur lit et balayer leur chambre, sous prétexte qu'il n'y a pas assez de femmes de chambre pour exécuter ce travail.

– Vous me surprenez, mademoiselle Wynne! s'écria le duc.

– J'ai une proposition à suggérer à Votre Grâce.

– Laquelle?

– Si vous acceptez de me verser pour les enfants la pension que vous accordiez à votre frère, je retournerai avec eux en Cornouailles. La maison où ils ont vécu serait trop grande – d'ailleurs elle est vendue – mais j'en trouverais une autre qui serait dans nos moyens.

– De toute ma vie, je n'ai jamais rien entendu d'aussi ridicule! s'écria le duc. Vous n'avez pas le droit d'être la tutrice de ces enfants; vous êtes trop jeune, d'ailleurs, pour qu'on vous accorde ce titre.

Tamara garda le silence, mais ses mains esquissèrent un faible geste de protestation.

– J'ai reçu hier la lettre du notaire de mon frère, reprit le duc. Il m'annonce le malheur qui est arrivé et m'informe que vous accompagnez les enfants chez moi. La lettre a été retardée à cause d'un accident survenu à la malle-poste.

– Il est malheureux que nous soyons arrivés avant elle, fit remarquer Tamara.

– Très malheureux, reconnut le duc. Mais puisque vous êtes ici, je suppose, mademoiselle Wynne, que je dois prendre des dispositions vous concernant.

Il parlait d'un ton sarcastique et elle eut la sensation d'avoir reçu un coup de cravache.

– Voici la première faveur que je voudrais demander à Votre Grâce, reprit Tamara. Sandor a presque douze ans, il faudrait qu'il aille au collège.

– A-t-il fait de bonnes études jusqu'ici?

– Je crois que si vous l'interrogiez, vous constateriez qu'il est en avance sur les garçons de son âge.

– C'est vous qui avez été son institutrice?

Les lèvres du duc avaient un pli moqueur et Tamara ne manqua pas de le remarquer.

– J'ai enseigné les langues à Sandor, répliqua-t-elle. Il parle couramment le français et l'italien. Notre curé qui a fait des études classiques lui donnait des leçons de latin.

– Est-ce tout?

– Je lui ai enseigné l'arithmétique, la géographie et la littérature, Votre Grâce.

– Vous ne ressemblez pas tout à fait à une Anglaise!

– Mon père était anglais.

– Et votre mère?

– Hongroise.

– Cela explique la couleur de vos cheveux.

Tamara ne répondit pas, elle se contenta de hausser les sourcils.

– Espérons que mon neveu ne sera pas taquiné au collège pour son nom si fantaisiste... ou disons théâtral!

– Votre Grâce se trompe, riposta la jeune fille. Sandor n'est pas un nom de théâtre, c'est le nom d'un homme qui appartenait à une des familles hongroises les plus anciennes et les plus respectées. Le comte Andressy Sandor est en réalité un héros national, détail connu par tous ceux qui ont étudié l'Histoire.

Elle voulait marquer un point et elle y réussit, comme le lui apprit la surprise qui se peignit sur le visage du duc.

– Le comte Andressy Sandor était le grand-père de lady Ronald, se hâta-t-elle d'ajouter.

– Elle était hongroise? s'écria le duc. Je l'ignorais.

Et comme malgré lui, il ajouta :

– Mais c'était une actrice!

– Pas du tout! protesta la jeune fille. Lady Ronald était cantatrice. Elle avait une voix d'une beauté exceptionnelle et elle a chanté pendant deux ans dans une troupe d'opéra pour aider sa mère malade.

Le duc eut un geste de surprise.

– Cette troupe d'opéra était sous la protection de la comtesse de Rockingham qui pourra vous donner d'autres renseignements si Votre Grâce le souhaite.

L'étonnement du duc était évident.

– La comtesse de Rockingham! Mais c'est une de mes parentes! s'écria-t-il. Elle m'a parlé de cette troupe d'opéra et je crois me rappeler avoir versé en souscription une somme assez importante.

– Alors vous comprenez que lady Ronald n'était pas une actrice, au sens que l'on donne habituellement à ce mot.

– Vous êtes certainement mieux renseignée que moi à ce sujet, mademoiselle Wynne.

Sa voix avait un accent de sincérité.

– Je n'étais pas seulement la gouvernante des enfants de lady Ronald, j'avais le privilège d'être... son amie, expliqua Tamara sur un autre ton.

– Parce que vous étiez hongroises toutes les deux.

– Je vous l'ai déjà dit, Votre Grâce, mon père était anglais.

– Et croyez-vous qu'une étrangère soit en mesure d'enseigner la littérature anglaise à mes nièces et, selon toute apparence, également à mon neveu?

– Mon père, Votre Grâce, était professeur à Oxford, riposta la jeune fille d'une voix où vibrait un accent de triomphe. Il enseignait le latin, le grec, et jouissait d'une grande réputation. Il a publié huit ouvrages qui ont eu un grand succès.

Pendant qu'elle parlait, Tamara, qui avait bien l'intention de confondre le duc, s'aperçut qu'elle y avait réussi.

Puis elle eut un petit frisson de crainte : n'était-elle pas allée trop loin? S'il la trouvait trop impertinente, il pouvait la renvoyer sur-le-champ.

– Vous m'avez certainement appris beaucoup de choses que j'ignorais, mademoiselle Wynne, se contenta-t-il de dire. Si nous revenions maintenant aux problèmes du moment? Je suis sûr que vous avez beaucoup de propositions à me faire, en ce qui concerne le bien-être des enfants et leur position dans la maison.

– Je prierai d'abord Votre Grâce de nous trouver un autre logement, se hâta de demander Tamara. Les enfants ont eu l'habitude de vivre avec leurs parents et ils ont toujours occupé les chambres les plus confortables dans le Manoir de Cornouailles. Ils ne causeront aucun dégât, cela je peux vous le promettre. Il y a sans doute des pièces où ils seraient mieux que dans l'appartement délabré où nous avons été relégués.

– Je comprends votre point de vue, mademoiselle Wynne, déclara froidement le duc.

– Il serait bon de nous attribuer une petite salle à manger pas trop éloignée des cuisines, afin que les plats soient encore chauds quand on nous les apporte, continua Tamara. Et j'aimerais avoir la permission de composer moi-même les menus, pour que les enfants aient une nourriture qui convienne à leur santé; cela épargnerait beaucoup de discussions à l'avenir.

– Est-ce tout? interrogea le duc.

Tamara aborda le sujet le plus délicat.

– Vous savez à quel point les enfants aiment les chevaux. Excellent cavalier vous-même, vous comprendrez qu'ils seraient très malheureux de voir d'autres personnes se promener à cheval et de n'être, eux, que simples spectateurs.

– J'ai l'impression, mademoiselle Wynne, que vous ne plaidez pas seulement pour les enfants, mais aussi pour votre compte personnel.

– Je donne des leçons d'équitation à Vava.

– Il y a beaucoup de chevaux dans les écuries, répliqua le duc. J'imagine que vous pouvez, Sandor et vous, leur faire faire de l'exercice aussi bien que les palefreniers. Nous verrons si l'on peut acheter des poneys pour les deux petites filles.

Les yeux de Tamara s'éclairèrent.

– Est-ce bien vrai? Vous en avez vraiment l'intention? C'est le plus grand plaisir que vous pourriez leur faire et cela les aiderait à oublier qu'ils ont perdu leur père et leur mère.

Elle parlait maintenant d'une voix douce et vibrante de joie.

– J'espère, mademoiselle Wynne, que quand tous vos souhaits auront été exaucés, vous serez satisfaite!

Elle comprit qu'il se moquait à nouveau d'elle.

– Il y a encore un détail, Votre Grâce.

– Lequel?

– Vous n'oublierez pas que Sandor doit aller au collège? Il a besoin de faire des études sérieuses et aussi de fréquenter des camarades de son âge.

– J'y réfléchirai, je vous l'ai déjà dit.

– Alors je ne peux que vous remercier de votre générosité.

Tamara s'inclina dans une révérence. Elle sentit le regard du duc sur son visage. Puis elle fit demi-tour pour se diriger vers la porte. Il la rappela.

– Votre père a bien sûr signé ses livres de son propre nom? Vous ferez une enquête pour savoir si je les ai dans ma bibliothèque. Dans le cas contraire, ce serait une omission qu'il faudrait réparer.

Pendant quelques secondes, Tamara retint son souffle : puis ne trouvant rien à dire, elle fit une autre révérence.

– Je remercie Votre Grâce, murmura-t-elle.

En s'éloignant, elle comprit qu'elle avait commis une erreur irréparable et qu'elle se trouvait dans une impasse. Elle monta en courant à l'appartement des enfants, joyeuse d'annoncer de bonnes nouvelles; mais, en même temps, elle ne pouvait s'empêcher de se reprocher sa stupidité : quel besoin avait-elle de proclamer que son père avait été professeur à Oxford?

Pourquoi ne pas parler d'un oncle, d'un cousin ou d'un parent quelconque!

Mais le duc avait très peu de renseignements sur sa sœur et, selon tout probabilité, il ignorait que son nom de jeune fille était Maïka Sélincourt.

« J'ai gagné la bataille sur plusieurs points, pensa Tamara; mais je lui ai laissé voir que j'étais très vulnérable et il peut m'abattre d'une minute à l'autre. »

C'était une idée inquiétante; aussi la chassa-t-elle pour être tout au bonheur d'apprendre aux enfants qu'ils auraient des chevaux.

De meilleure grâce, mais désapprouvant de toute évidence les instructions qu'elle avait reçues, Mme Henderson fit installer Tamara et les enfants dans l'aile ouest du château.

Les pièces étaient spacieuses, claires et agréablement meublées.

Un ravissant petit salon donnait sur le lac et sur le parc, et il y avait quatre chambres à coucher.

– C'est beaucoup mieux! s'écria Sandor. D'ici, je vois les daims!

– Moi aussi! renchérit Vava, mais j'aimerais mieux voir les chevaux.

– Et moi donc! s'exclama Sandor avec un rire de bonheur.

Quand Tamara lui avait annoncé que le duc acceptait de lui prêter ses chevaux, il s'était jeté dans les bras de la jeune fille.

– C'est vous qui l'avez persuadé, tante Tamara! Vous êtes merveilleuse! s'écria-t-il.

Elle était si contente elle-même qu'elle oublia de le réprimander de ne pas l'avoir appelée mademoiselle Wynne.

– Vous aurez une petite salle à manger à votre disposition, mademoiselle, déclara Mme Henderson sans enthousiasme. Et il paraît qu'une de mes femmes de chambre doit faire votre ménage. Vous aurez aussi un valet à votre service.

– Le duc nous traite royalement, fit remarquer Tamara à Sandor, quand Mme Henderson se fut retirée.

– Il ne fait que son devoir! répliqua Sandor. Après tout, s'il mourait, c'est moi qui serais duc.

Tamara le regarda avec étonnement.

– C'est une idée qui ne m'était jamais venue!

– Bien sûr, c'est moi qui hériterais du titre, continua Sandor. Papa était héritier légitime, mais il est mort. Un jour il m'a montré l'arbre généalogique de la famille, nous l'avions au Manoir. Maintenant que papa est mort, je serai le prochain duc.

– Je te conseille de ne plus y penser, dit Tamara. Le duc est encore jeune, il peut se marier et avoir quantité d'enfants.

Sandor se mit à rire.

– Il y aurait assez de place pour eux tous dans le château.

Tamara partagea sa gaieté.

– Demain je monterai en haut de la tour, déclara Sandor.

– Il faudra que tu sois très prudent.

– Je le serai, promit Sandor. Je ne tiens pas du tout

à me casser une jambe : je ne pourrais plus monter à cheval.

Les enfants ne parlaient plus que de leurs futures prouesses équestres. Toutes les cinq minutes, Vava demandait quel jour elle aurait son poney.

– Demain matin, nous irons aux écuries et nous interrogerons Abbey, promit Tamara.

Kadine et Vava n'arrivaient pas à s'endormir, tant elles étaient surexcitées à l'idée des belles promenades qu'elles feraient.

Les deux petites filles avaient beaucoup mangé au goûter et s'étaient contentées pour le dîner de lait et de pain; mais Tamara et Sandor descendirent dans la salle à manger qu'on leur avait attribuée.

Tamara, habituée à se changer pour le dîner, revêtit une de ses jolies robes et défit son chignon, sûre de ne pas revoir le duc au cours de la soirée.

Le dîner ne ressembla en rien à ce qui leur avait été servi les jours précédents. Tamara songea que le duc dégustait des mets semblables dans sa salle à manger d'apparat.

– Il fait chaud ce soir, dit Sandor lorsqu'ils se levèrent de table. Nous pourrions nous promener dans les jardins avant de monter nous coucher!

Tamara sourit.

– Tu as raison. Il ne fait pas encore nuit. Nous ne risquons pas de piétiner les plates-bandes ou de tomber dans le lac...

Ils sortirent par une porte de côté et traversèrent la pelouse au gazon doux comme du velours.

Un parfum de giroflées et de lavande flottait dans l'air; à grands coups d'ailes, les pigeons allaient se percher dans les arbres de la forêt toute proche.

Le soleil se couchait à l'horizon dans un flamboiement rouge et or.

Le château avait pris un aspect étrange et mystérieux. Seules une ou deux fenêtres étaient éclairées au rez-de-chaussée.

Sandor courait en avant et Tamara s'arrêta dans la

roseraie au bord d'un bassin où des poissons rouges nageaient entre les feuilles de nénuphars et elle s'attarda à suivre leurs ébats.

C'était une soirée magique, et son cœur s'apaisait et vibrait de joie. Elle était comme une nymphe dans son royaume enchanté.

Soudain une voix s'éleva près d'elle.

– Vous ressemblez à la déesse de l'amour, mais vous êtes tellement plus désirable.

Elle sursauta et se retrouva devant l'ami du duc. Il s'avança trop près d'elle et elle eut un mouvement de recul.

– Nous étions sur le point de retourner au château, Sandor et moi, se hâta-t-elle de déclarer.

Tout en parlant, elle chercha Sandor des yeux, mais il restait invisible.

– Vous n'êtes pas si pressée, protesta le nouveau venu.

– J'ai des lettres à écrire, monsieur.

– Pas si vite! Nous n'avons pas encore été présentés. Mon nom est Cropthorne; et le vôtre?

– Wynne... Je suis la gouvernante des enfants, vous le savez bien.

Il se mit à rire.

– Vous me trouvez trop familier? Mais vos lèvres sont beaucoup trop séduisantes pour une voix si sévère. Elles sont faites pour les baisers et non pour les réprimandes.

– Je vous prie de ne pas me parler de cette façon-là! répliqua froidement Tamara.

Elle se serait éloignée, mais il avait saisi son poignet.

– Je vous parlerai comme il me plaît, déclara-t-il. Je ne m'attendais pas à trouver une créature si charmante et si délicieuse dans le sombre château de Granchester.

– Lâchez-moi! s'écria Tamara.

– A une condition.

Elle ne répondit pas.

– Je vais vous dire ma condition, reprit-il. Vous me permettrez de vous embrasser. Je le désire depuis que je vous ai vue la première fois.

– Je n'ai pas l'intention de vous le permettre, répliqua Tamara, irritée. Vous allez me lâcher immédiatement. Je ne crois pas que le duc approuverait votre conduite.

– Le duc a-t-il la priorité? demanda lord Cropthorne.

Pour toute réponse, Tamara fit une nouvelle tentative pour se libérer, mais il serra plus fort son poignet et se mit à rire.

– Je n'ai aucune envie de vous laisser partir, ma beauté. J'ai un faible pour les rousses aux yeux immenses. Elles sont plus sensuelles que les blondes.

Tout en parlant il attirait Tamara contre lui.

Elle comprit qu'elle n'était pas de force à lutter contre lui. Puis elle fut prise de panique à la pensée du danger qu'elle courait.

C'était un débauché comme celui qu'elle avait décrit dans son roman... alors qu'elle n'en avait jamais rencontré dans la vie réelle!

Elle se souvint que, dans *Le Venin de la Guêpe*, il y avait une scène identique, où le duc jouait le même rôle que Cropthorne. Elle l'avait écrite avec le plus profond dégoût.

Elle se débattit de plus belle, mais des bras vigoureux l'étreignaient. Elle détournait la tête mais, dans quelques minutes elle serait vaincue et devrait subir son baiser.

Soudain une idée la frappa.

Pendant quelques secondes, elle cessa de résister; il crut avoir triomphé et posa les lèvres sur la joue de la jeune fille.

Alors, rassemblant toutes ses forces, elle le repoussa. Il glissa sur le bord humide du bassin et tomba au milieu des nénuphars dans une grande gerbe d'eau.

Tamara n'attendit pas de voir ce qui allait se passer, elle s'enfuit, poursuivie par une volée de jurons.

Elle atteignit la pelouse et se heurta à quelqu'un qui était invisible dans l'ombre du château.

Arrêtée violemment par le choc, elle tendit les mains pour garder son équilibre et découvrit que le duc se tenait devant elle.

Il la saisit pour l'empêcher de tomber. Essoufflée, elle ne pouvait prononcer un mot.

– Vous avez l'air bien pressée, mademoiselle Wynne, dit-il de son ton le plus sarcastique. Pourquoi tant de hâte?

Dans sa colère, Tamara oublia le respect qu'elle devait au duc.

Elle s'arracha aux mains qui l'avaient retenue dans sa chute et parla d'une voix qui s'efforçait d'être dédaigneuse, mais n'était jamais que gênée et essoufflée.

– Vous trouverez... votre ami... dans le bassin aux poissons rouges... et s'il s'est noyé... j'en serai bien contente!

Après avoir prononcé ces mots, elle s'engouffra dans le château sans se retourner.

Ce fut seulement en ouvrant la porte du petit salon de leur appartement qu'elle se demanda ce que le duc allait penser de tout cela. Puis elle se ravisa et décida qu'elle s'en moquait éperdument.

Il ne pouvait guère la renvoyer ni la blâmer d'avoir repoussé les avances de son ami, même si elle s'était défendue avec un peu trop de vigueur.

Mais il pouvait l'accuser d'avoir encouragé lord Cropthorne de quelque façon; ce serait sur elle alors que retomberait le blâme!

Debout devant la fenêtre, elle essayait de reprendre haleine et de mettre un peu d'ordre dans ses idées, quand Sandor entra.

– Où étiez-vous? interrogea-t-il. Je vous ai cherchée près du bassin, l'ami du duc était dans l'eau et jurait comme un troupier, selon l'expression de papa. Je n'ai jamais entendu tant de gros mots.

– Le duc était-il près de lui? s'enquit Tamara.

– Il était devant le bassin, répondit Sandor. Et figurez-vous qu'il riait comme un fou! Je n'aurais jamais imaginé qu'il puisse rire. Il est si raide, on dirait qu'il pose toujours pour la postérité.

– Il riait? interrogea Tamara incrédule.

C'était absurde, bien entendu, mais elle éprouvait un immense soulagement. Ainsi donc le duc n'était pas indigné, mais amusé par l'incident!

Le lendemain matin, accompagnée par les enfants, Tamara se rendit aux écuries, vêtue de son amazone. Pour elle et pour Sandor, Abbey choisit deux magnifiques chevaux.

Un jeune palefrenier conduisit le cheval de Kadine par la bride et le vieil Abbey lui-même se chargea de Vava.

– Ne vous inquiétez pas pour les petites demoiselles, conseilla-t-il à Tamara. Partez au galop avec M. Sandor, je m'occuperai d'elles jusqu'à votre retour.

– Obéissez à Abbey, faites tout ce qu'il vous dira, recommanda Tamara à Kadine et à Vava.

Aussitôt, la jeune fille et Sandor s'élancèrent au galop dans le parc.

Et après une course échevelée, ils revinrent vers les écuries.

– Je suis moins mécontent d'être venu au château, déclara Sandor. Au début, je le détestais.

– Moi aussi, approuva Tamara. Monter de si beaux chevaux, cela compense bien des choses...

« Même la conduite odieuse de lord Cropthorne! » ajouta-t-elle dans son for intérieur.

Elle avait éprouvé quelques remords la veille en se couchant. Puis elle avait décidé que l'ami du duc avait mérité ce bain forcé.

« C'est un de ces vicieux qui croient que les gouvernantes et les jeunes femmes de chambre sont pour eux une proie facile », songea Tamara qui espérait lui avoir donné une bonne leçon.

Elle détestait le duc de tout son cœur, mais elle était certaine que jamais il ne commettrait un acte aussi bas.

« Il est trop fier pour condescendre à courtiser une femme d'aussi bas rang social qu'une gouvernante! » conclut-elle.

C'était peut-être rassurant, mais en même temps déprimant car, elle le voyait bien, dans ce château elle ne trouverait pas un seul ami – personne à qui se confier dans les moments difficiles. Et elle se sentit soudain très seule...

Elle ne vit pas le duc ce jour-là.

L'après-midi, Tamara choisit quelques livres dans la bibliothèque et les transporta dans le petit salon de leur appartement.

Elle se rendit compte qu'elle aurait à sa disposition les auteurs les plus célèbres du monde entier. A sa satisfaction se mêlait un regret : elle ne pourrait plus discuter de ses lectures avec lord Ronald, ainsi qu'elle le faisait en Cornouailles.

Maïka était également très cultivée : les deux sœurs avaient fait les mêmes études et elles lisaient ensemble des ouvrages en français, en italien, en hongrois.

– Ce serait une honte pour nous d'oublier la langue maternelle de maman et de devenir trop anglaises! faisait remarquer de temps en temps Maïka.

Elle accompagnait toujours ses paroles d'un sourire.

– Ronald a eu le coup de foudre pour moi, parce que, disait-il, j'étais très différente des jeunes filles de son entourage, expliqua-t-elle un jour. Quand ma nature hongroise reprenait le dessus, et qu'il ne me comprenait plus très bien, il était ravi.

« Moi, au contraire, il faut, dans la situation présente, que je me montre tout à fait anglaise », se dit Tamara.

Elle ne pouvait oublier l'accent méprisant du duc quand il avait souligné son origine étrangère.

« Son ton insultant était tout à fait ridicule », se dit-elle.

A son propre étonnement, elle ne pouvait s'empêcher de penser à lui, malgré la haine qu'elle lui portait.

Mais elle commençait à se rendre compte qu'elle n'était pas la seule au château ou aux environs à détester le duc.

Les domestiques, par exemple, ne le portaient pas particulièrement dans leur cœur. En Cornouailles, les serviteurs du Manoir aimaient Maïka et lord Ronald.

Et puis, le vieil Abbey lui apprit que dans le domaine, tout n'allait pas pour le mieux! Il resta évasif et ne fit que de vagues allusions en réponse aux questions de Tamara.

– Y a-t-il des soulèvements et des protestations dans votre région? demanda-t-elle. Je crois que cela arrive assez fréquemment dans d'autres parties de l'Angleterre.

– Nous avons nos difficultés, répondit laconiquement Abbey.

A sa voix, elle comprit que, s'il le voulait, il pourrait en dire davantage.

– Y a-t-il un malaise chez les ouvriers agricoles?

– Ils ont leurs griefs et il n'y a pas autant d'agents de police ici qu'à Londres.

– Portent-ils leurs doléances devant Sa Grâce

– Oui, bien sûr, mais il ne les écoute pas. Avant peu, les châtelains seront obligés d'écouter les plaintes et ceux qui siègent au Parlement les écouteront tôt ou tard!

Tamara fut surprise d'apprendre que, même à Gloucester, l'agitation régnait.

Elle savait, pour l'avoir lu dans les journaux et parce que lord Ronald lui en avait parlé, que l'année précédente, dans les villes et dans les campagnes, avaient eu lieu des soulèvements qui pouvaient être le prélude à une révolution.

Au mois d'août, des mécontents s'étaient réunis à St. Peter's Field, à Manchester, donnant lieu à ce qui fut appelé « la bataille de Perterloo ».

Des centaines d'hommes sans armes, de femmes et d'enfants avaient été jetés à terre par les sabres des policiers à cheval et abandonnés, morts ou blessés.

Ces événements avaient indigné l'Angleterre et aggravé la lutte des classes; ces événements, lord Ronald en était certain, pèseraient lourdement sur la conscience des propriétaires terriens et des industriels pendant des années, sinon des générations.

Tout avait commencé par la réprobation croissante qu'avaient provoquée les crimes horribles commis contre les enfants, dans les grandes villes comme Londres.

Tamara avait entendu parler des repaires de voleurs, des traitements iniques réservés aux petits ramoneurs; elle savait que la prostitution enfantine se développait de plus en plus et faisait la honte d'une nation chrétienne et civilisée.

Mais elle ne pensait pas que de tels troubles existaient dans les provinces éloignées, jusqu'au moment où elle apprit que l'injustice et les bas salaires avaient engendré des révoltes et des émeutes chez les ouvriers agricoles.

Le feu était mis à des récoltes et les incendiaires, lorsqu'on les arrêtait, recevaient des châtiments rigoureux, puis étaient pendus ou envoyés au bagne.

Tamara se demandait quelle était l'opinion du duc sur ces problèmes. Son arrogance et son mépris devaient lui attirer l'inimitié des faibles et des humbles.

Les journaux arrivaient chaque jour au château et quand le duc les avait lus, le bibliothécaire les mettait à la disposition de Tamara.

Elle pouvait ainsi suivre les débats du Parlement et savoir ce qui se passait dans les diverses régions de l'Angleterre. Le duc, grand propriétaire terrien, s'inquiétait-il de ce vent de révolte qui soufflait sur l'Angleterre? Etait-il conscient de ce qui pouvait arriver dans son domaine?

La jeune fille interrogea le vieux bibliothécaire, mais elle se rendit compte qu'il vivait enfermé dans son petit univers; elle avait l'impression qu'il avait oublié l'existence du monde extérieur.

Elle ne revit pas lord Cropthorne et apprit qu'il avait quitté le château.

Elle redoutait un peu une réprimande du duc sur la façon dont elle avait traité son hôte, mais les domestiques lui apprirent qu'il était parti en compagnie de quelques amis.

Soulagée, Tamara sentit que les enfants et elle jouissaient d'une liberté, nouvelle pour eux, et qu'ils pouvaient aller où bon leur semblait.

Ils visitèrent les chambres d'apparat, la chapelle, l'orangerie, la salle de bal et, bien entendu, montèrent en haut de la tour normande que Sandor avait admirée dès son arrivée.

– S'il y avait d'autres enfants, nous pourrions jouer à cache-cache, fit observer Kadine avec mélancolie.

– C'est une excellente idée, répliqua Tamara. Nous trouverons certainement dans le village des enfants que nous pourrons inviter à goûter.

Elle devina que la visite du château ennuyait un peu Kadine et Vava, aussi le lendemain proposa-t-elle une promenade dans les champs et un goûter sur l'herbe.

Le valet, qui leur avait été attribué, ne demandait maintenant qu'à faire plaisir à Tamara; il leur apporta un panier plein de bonnes choses et la jeune fille et les enfants se mirent en route. Les petites filles avaient leur chapeau de soleil et Tamara s'abritait avec son ombrelle.

C'était le moment de la fenaison qui, en Cornouailles, était toujours l'occasion de fêtes. Les enfants aimaient aider, ou plutôt embarrasser, les faneuses qui formaient des meules de foin. Ces meules, disaient les enfants, ressemblaient à des tentes d'Indiens.

Au sortir des jardins, ils découvrirent un grand pré. L'herbe avait été coupée et séchait sur le sol. Les faneuses s'occupaient ailleurs et ils étaient seuls.

Pour taquiner Kadine, Sandor lui jeta des poignées de foin. Tamara se joignit à lui et une grande bataille s'engagea. Enfin, Tamara essoufflée s'assit et les enfants la recouvrirent d'herbe en poussant des cris de joie.

Elle était quasiment invisible et fermait les yeux pour se protéger des brins d'herbe qui chatouillaient son visage, quand Sandor poussa une exclamation.

– Bonjour, oncle Howard! Nous pensions que vous étiez parti.

– Je suis revenu, répondit le duc.

Tamara sursauta.

Monté sur un de ses magnifiques chevaux, le duc était près d'eux et elle fut aussitôt consciente qu'elle manquait tout à fait de dignité.

De minuscules feuilles vertes parsemaient ses cheveux; pendant qu'elle jouait avec les enfants, les épingles de son chignon s'étaient détachées et ses boucles tombaient en une cascade rousse sur ses épaules.

Elle se leva en secouant sa jupe et passa les deux mains sur sa tête pour se débarrasser du foin.

– Vous avez l'air de bien vous amuser, mademoiselle Wynne, fit remarquer le duc.

Elle ne sut que répondre.

– N'avez-vous plus de doléances à me présenter? reprit-il au bout d'un moment. Le foin de mes champs est-il à votre goût? J'ai quelque peine à le croire.

Tamara repoussa les cheveux qui tombaient sur son visage et essaya maladroitement de refaire son chignon.

– Non seulement je n'ai aucune doléance à présenter, Votre Grâce, mais j'ai beaucoup de remerciements à vous adresser. Ces deux derniers matins, nous avons fait des promenades à cheval et c'était très agréable.

– Me voilà rassuré, mademoiselle Wynne.

Il parlait d'un ton sarcastique, mais Tamara était trop gênée par le désordre de sa tenue pour se rebeller.

– Je suis une bonne écuyère! cria brusquement Vava. Je peux monter un cheval aussi grand que le vôtre, oncle Howard!

Sandor ne laissa pas au duc le temps de répliquer.

– Moi aussi, j'aimerais vous remercier, oncle Howard, intervint-il. Vos chevaux sont si beaux et papa serait content de votre gentillesse, j'en suis sûr.

– Je n'ai pas la réputation d'être bon, protesta le duc.

Et sans ajouter un mot, il s'éloigna au galop.

« C'est l'homme le plus exaspérant du monde! pensa Tamara. Et on ne sait jamais d'avance ce qu'il fera. Il arrive à l'improviste et personne ne se conduit de façon aussi bizarre. »

Et pendant tout le temps qu'il était resté, elle avait senti ses yeux fixés sur elle.

Il cherchait peut-être un prétexte pour la renvoyer, ou bien il lui gardait rancune de ses critiques et essayait de la trouver en faute.

Quelles que fussent ses raisons, son regard l'avait gênée.

De toute façon l'après-midi était gâché. Le soleil paraissait moins brillant et, quand ils goûtèrent à l'ombre d'un arbre, leurs rires furent moins joyeux.

« Décidément le duc est un trouble-fête », pensa Tamara.

Elle se dit que vraiment le duc de Granchester ressemblait au duc d'Ullester, surnommé « la Guêpe », qu'elle avait décrit dans son roman.

5

Tamara entra dans la cour des écuries avec Kadine à ses côtés.

Elles avaient fait toutes les deux une promenade dans le parc et Kadine, avec son petit poney, n'avait plus besoin d'être suivie par un palefrenier.

Ce poney était un animal paisible, un peu plus grand que celui qu'Abbey avait acheté pour Vava.

Kadine aimait beaucoup l'équitation, mais elle était moins aventureuse et moins entêtée que Vava.

– Tu es une excellente écuyère, chérie, déclara Tamara.

Kadine sourit. Qu'elle était gracieuse et charmante! Une fois de plus, Tamara songea qu'elle serait irrésistible à dix-huit ans.

Le vieil Abbey et Vava étaient devant la stalle du poney. Comme d'habitude, Vava refusait de mettre pied à terre et répétait qu'elle voulait continuer à se promener.

– Dépêche-toi, Vava, ordonna Tamara, pendant qu'un palefrenier l'aidait à descendre de cheval. C'est l'heure du goûter!

– Je ne veux pas goûter, je n'ai pas faim, dit Vava avec obstination. Je veux aller revoir le petit cheval pie.

Tamara lança un regard interrogateur à Abbey.

– Des bohémiens se sont installés à l'extrémité du parc, expliqua-t-il, et Mlle Vava a eu le coup de foudre pour un petit poulain qu'ils ont avec eux.

– Il est si joli! s'écria Vava. Je le veux! Je veux qu'il soit à moi!

– Tu es trop exigeante! déclara Tamara en soulevant Vava et en la déposant à terre. Tu as Papillon, personne n'a un aussi beau poney.

– Je veux deux poneys!

– Tu en demandes trop! répliqua Tamara d'une voix ferme. Je suis sûre que tu aimes Papillon.

Vava embrassa son poney et lui tendit une carotte qu'un garçon d'écurie lui avait donnée.

Tamara se disposait à emmener la petite fille, quand elle vit le commandant Melville traverser la cour et se diriger vers elle.

Âgé d'une cinquantaine d'années, il avait été l'administrateur du duc précédent et par conséquent vivait au château depuis de nombreuses années.

Depuis son retour, Tamara constatait que tout marchait beaucoup mieux; les domestiques se montraient plus complaisants et, elle en était sûre, le commandant Melville représentait pour le duc un collaborateur irremplaçable.

– Bonjour, mademoiselle Wynne, dit le commandant en levant son chapeau.

– Bonjour, commandant. Nous venons de faire une promenade à cheval. C'était très agréable. Le temps est délicieux.

– J'ai besoin d'un cheval, Abbey, demanda Melville au palefrenier.

– Tout de suite, monsieur, répondit Abbey. Vous allez loin?

– Non, seulement à l'extrémité du parc. Sa Grâce désire que je chasse les bohémiens de son domaine.

– Chasser les bohémiens! s'écria Tamara. Pourquoi?

– Il ne faut pas les renvoyer! intervint Vava, et elle quitta Papillon pour courir vers le commandant. Ils ont un petit poney ravissant et je veux qu'ils me le donnent.

– Sa Grâce ne veut pas que des bohémiens campent dans le parc, expliqua le commandant à Tamara.

– Ils viennent ici depuis des années, monsieur, fit remarquer le vieil Abbey. Ils ne font aucun dégât et ne restent pas longtemps : ils se rendent à Evesham pour la récolte des fruits.

– Je le sais, Abbey, répliqua le commandant. Mais j'ai reçu des ordres.

Un cheval lui fut amené et il sauta en selle.

– Je vous défends de renvoyer le petit poney, cria Vava.

Le commandant Melville se contenta de lui sourire, salua Tamara et s'éloigna.

– Pourquoi le duc n'aime-t-il pas les bohémiens? interrogea Kadine en retournant au château avec sa tante et sa petite sœur.

– Je ne sais pas, répondit Tamara. Il en venait beaucoup en Cornouailles.

– Maman leur achetait toujours les pinces à linge qu'ils fabriquaient, reprit Kadine. Ils avaient des roulottes peintes de couleurs vives. J'aurais bien aimé habiter l'une d'elles.

– Tu aurais eu beaucoup moins de place que dans ta grande chambre, répliqua Tamara en souriant.

– Ce serait amusant pour l'été, continua Kadine, mais il y ferait peut-être froid l'hiver. C'est au-dehors que les bohémiens allument de grands feux.

Vava gardait le silence. Elle pensait sans doute au joli petit poney. Tamara se hâta de changer de conversation.

Elle savait que si Vava s'intéressait à un thème particulier, la petite fille ne parlait plus d'autre chose, ce qui était parfois fatigant.

Le goûter était servi dans leur petit salon et Tamara remarqua avec satisfaction qu'il ne ressemblait en rien à celui qui leur avait été monté le premier jour.

Le chef était revenu peu à peu de ses préventions contre les enfants; il leur avait envoyé non seulement des brioches et des gâteaux, mais aussi des confitures délicieuses, des fruits cueillis dans le jardin et de la crème épaisse.

Tamara regarda la pendule et constata que leur promenade avait duré plus longtemps que d'habitude. Sandor ne tarderait plus à rentrer.

Quand le commandant Melville était revenu au

château, le duc lui avait évidemment parlé de l'éducation de Sandor. Tamara fut informée que le jeune garçon irait à l'école du village, et il avait commencé ses études au début de la semaine.

Les deux premiers soirs, en revenant, il n'avait pas dit grand-chose; mais la veille Tamara avait remarqué qu'il gardait un silence inaccoutumé et ne manifestait pas son exubérance habituelle.

Elle avait espéré que le duc proposerait de le mettre en pension dans un collège renommé, par exemple Eton ou Harrow.

Puis elle se dit que l'école était une solution provisoire et que mieux valait ne pas être trop exigeant, avant que Sandor n'eût fait ses preuves.

Kadine et Vava terminèrent leur dîner, mais Sandor n'était toujours pas là.

Les petites filles s'amusèrent un moment avec leurs poupées, puis Vava donna des signes de fatigue. Tamara sonna alors Rose, la femme de chambre qui était à leur service, et la pria de coucher l'enfant.

– Veux-tu que je te lise une histoire, Kadine? demanda Tamara.

Kadine s'empressa de prendre un livre dont elles avaient commencé la lecture quelques jours plus tôt. C'était une aventure aux multiples péripéties qui l'intéressait beaucoup.

Elles s'assirent sur le canapé; Tamara n'avait lu qu'une demi-page, lorsque la porte s'ouvrit.

Elle leva les yeux en souriant, car ce ne pouvait être que Sandor, mais elle poussa un cri d'horreur.

Il marchait avec peine et traînait la jambe. Sa veste était déchirée, sa chemise ouverte sur son cou, et l'un de ses yeux était si enflé qu'il ne pouvait l'ouvrir.

Du sang coulait de sa lèvre fendue et son nez avait saigné.

– Sandor! Que t'est-il arrivé? cria Tamara en courant vers lui.

Elle le prit par le bras et le jeune garçon perdit presque connaissance.

Elle le porta jusqu'au canapé, l'aida à s'étendre, puis prenant une tasse de lait sur la table, elle l'approcha de ses lèvres.

Il but avec beaucoup de difficulté et, après quelques gorgées, il repoussa la tasse et ferma les yeux.

Elle lui enleva ses souliers couverts de poussière et prit de l'eau chaude pour baigner son œil et sa lèvre.

Elle le laissa se reposer pendant un long moment et ne l'interrogea que lorsqu'il se fut un peu remis.

– Dis-moi ce qui est arrivé, chéri...

Tamara descendit en courant l'escalier et traversa le grand hall.

Elle ne perdit pas de temps à demander à un valet où se trouvait le duc car, à cette heure-là, elle était certaine qu'il était dans le salon bleu.

Il s'y installait habituellement pour lire les journaux qui n'arrivaient au château que l'après-midi.

Les yeux de Tamara lançaient des éclairs et elle serrait les lèvres; ceux qui la connaissaient auraient deviné que sa violence hongroise, révélée par la couleur ardente de ses cheveux, avait pris le dessus.

Elle entra dans le salon bleu, mais le duc n'y était pas.

Elle s'arrêta et, pendant qu'elle se demandait où aller le chercher, elle entendit des voix et se rendit compte que la porte qui donnait dans le cabinet de travail était entrouverte.

Elle se dirigea de ce côté et se disposait à frapper, quand une phrase prononcée par le commandant Melville l'arrêta net.

– Si vous faites un procès à l'auteur de ce livre calomnieux, vous obtiendrez, j'en suis sûr, des dommages considérables, disait-il. Cet individu sera obligé de vous verser une grosse somme.

– Vous avez raison, Melville, répliqua le duc. Je n'ai jamais rien lu d'aussi scandaleux ni d'aussi blessant.

Le duc fit une pause.

– Je me demande qui est l'auteur de cette infamie, reprit-il. La signature se compose seulement de deux initiales, T.S. Le livre peut donc avoir été écrit par un homme ou par une femme.

– Je ne crois pas, Votre Grâce, qu'une femme pourrait tremper sa plume dans un tel vitriol.

– On ne sait jamais, répondit le duc. Certaines d'entre elles sont encore plus vindicatives que les hommes.

– Je m'en rapporte à Votre Grâce. Que désirez-vous que je fasse?

Il y eut un silence et Tamara retint son souffle.

La veille elle avait reçu une lettre que son éditeur lui avait adressée par l'entremise de Me Lawson.

Il l'informait qu'il avait bien reçu ses instructions, mais que le roman était déjà chez les libraires et qu'il ne pouvait pas reprendre les exemplaires distribués.

La lettre s'achevait ainsi :

« Je regrette profondément, mademoiselle, la décision que vous souhaitez prendre. A mon avis, votre roman aura un grand succès et je suis sûr que, d'ici un mois, les volumes seront tous vendus et qu'il faudra procéder à un nouveau tirage. »

La lecture de cette lettre avait bouleversé Tamara et l'information qu'elle contenait lui avait causé de vives inquiétudes.

« Je ne puis plus rien, se dit-elle. J'espère que le livre ne se vendra pas et que personne n'en offrira un exemplaire au duc. »

Le dépeindre comme un tyran cruel avait été facile quand elle ne l'avait jamais vu en chair et en os. D'ailleurs, dès son arrivée au château, elle estima que le portrait était ressemblant et ses critiques justifiées.

Mais à mesure que le temps passait, elle trouvait de moins en moins de raisons de le détester : il lui permettait de monter ses chevaux, il avait acheté des poneys pour les petites filles, donné des ordres pour que les enfants et elle soient mieux logés et que des repas copieux leur soient servis.

Il fallait tenir compte de ce changement.

Elle jugeait bien encore qu'il était autoritaire et tyrannique, qu'il la regardait avec dédain et cherchait de toute évidence à la prendre en faute. Mais elle était trop sincère pour voir en lui l'ogre qu'elle avait imaginé puis, après tout, il se montrait assez généreux à l'égard des enfants de son frère.

Après avoir lu la lettre de l'éditeur, elle s'était approchée de la fenêtre pour contempler la beauté des lieux et elle se demanda si vraiment elle regrettait d'être venue au château.

« Il ne lira jamais mon petit roman », décida-t-elle pour se rassurer.

Et elle ne pouvait s'empêcher de répéter sans cesse tout bas cette phrase, pour bien s'en persuader...

Mais elle avait maintenant la preuve qu'elle s'était bercée d'illusions. Le duc avait lu son roman et elle savait ce qu'il en pensait.

– Trois personnes déjà m'ont envoyé un exemplaire de cet ouvrage scandaleux, reprit-il lentement. Deux sont des cousins, furieux de voir l'honneur de la famille traîné dans la boue. Le troisième est un ami qui m'a proposé d'attaquer à la fois l'auteur et l'éditeur.

– A mon avis, vous ne devriez pas rester les bras croisés.

– D'un autre côté, vous le savez bien, Melville, un procès retentissant donnerait à l'auteur, qui est sûrement un individu abject, une publicité sur laquelle il a sans doute misé!

– Vous ne pouvez pas accepter une telle injure sans protester, déclara le commandant.

– Non. J'en suis persuadé, approuva le duc. J'ai déjà pris une décision.

– Laquelle, Votre Grâce?

– Vous enverrez immédiatement à Londres l'ordre d'acheter tous les exemplaires disponibles de ce roman; ceux qui sont encore chez l'éditeur et ceux que les libraires s'apprêtent à vendre. On devra les apporter ici.

– Qu'en ferez-vous, Votre Grâce?

– Je les brûlerai, répondit le duc. C'est le seul châtiment qui convienne à une telle ordure.

– Cela vous coûtera très cher.

– L'argent n'a aucune importance. Mais il faut bien faire comprendre à l'éditeur que s'il réédite le livre, je lui intenterai un procès et exigerai des dommages-intérêts exorbitants.

Jamais Tamara n'avait entendu quelqu'un parler d'un ton si déterminé.

Puis, si brusquement qu'elle sursauta, le duc poussa la porte entrouverte et pénétra dans le salon bleu; il fut surpris de la voir.

– Vous voulez me parler, mademoiselle Wynne?

– Oui, Votre Grâce.

Il ferma la porte derrière lui et d'un geste lui indiqua un fauteuil.

– Asseyez-vous, je vous prie.

– Non!

Il leva les sourcils et resta debout en face d'elle, un sourire énigmatique aux lèvres.

– Qu'y a-t-il?

– Sandor... Il vient de rentrer de l'école. Venez voir dans quel état il est.

Le duc prit son air le plus ironique.

– Il s'est battu, je suppose. Ne vous affolez pas. Tous les garçons de son âge se battent et il lui faudra peu de temps sans doute pour apprendre à se défendre.

Tamara retint une exclamation.

– En rentrant, il s'est presque évanoui. J'ai peur qu'il n'ait plusieurs côtes cassées, et il n'y voit plus d'un œil.

– Sandor grandit, il faut qu'il livre ses propres batailles, répliqua le duc avec indifférence.

– Je suis d'accord avec vous sur un point : savoir

qu'il ait à livrer ses propres batailles! admit Tamara. Mais pas les vôtres.

– Que voulez-vous dire?

– Sandor a été battu à cause de vous et de votre conduite.

Elle lui parlait sans ménagement, elle le savait, mais peu lui importait. L'indifférence du duc était la goutte d'eau qui faisait déborder le vase et sa colère ne faisait que croître.

Sandor, au début, n'avait pas voulu se plaindre, mais à force d'insistance, elle l'avait obligé à tout lui avouer : elle voulait savoir. Elle ne pouvait pas supporter qu'il subisse de si mauvais traitements; au moins fallait-il comprendre la raison de l'acharnement des autres écoliers contre lui.

– Vous insinuez que Sandor s'est battu pour sauver ma réputation? demanda le duc d'un ton de plus en plus moqueur.

Cette fois, c'en était trop et Tamara ne put contenir sa fureur.

Ses yeux flamboyèrent, ses paroles sortirent précipitamment de ses lèvres comme si toutes les digues étaient rompues.

– Sandor a été attaqué par trois garçons plus âgés et plus forts que lui, sur l'ordre de leurs pères qui vous détestent.

– Ils me détestent? répéta le duc.

– Cela vous étonne? interrogea Tamara. Vous devriez vous rendre compte que beaucoup de gens vous détestent. Je ne vois pas pourquoi Sandor serait un souffre-douleur à cause de vous.

– J'ai de la peine à vous croire, protesta le duc.

– Vous vous rappelez peut-être avoir renvoyé un de vos cultivateurs qui ne travaillait pas suffisamment à votre gré? Son fils était un des agresseurs de Sandor.

De toute évidence, le duc savait de qui elle parlait.

– Le deuxième était le fils du bourrelier du village, reprit-elle. Les selles qu'il vous a fabriquées n'étaient pas à votre goût et vous avez refusé de le payer. Le troisième était le fils de votre boucher que vous avez accusé de malhonnêteté.

Tamara s'arrêta quelques secondes pour reprendre haleine.

– Les blessures de Sandor se cicatriseront, continua-t-elle. Mais je me demande pourquoi vous l'avez envoyé dans une telle école. En exposant son fils, c'est sans doute votre frère que vous vouliez humilier.

Le duc rougit de colère, mais elle n'en continua pas moins son réquisitoire :

– Je vous ai demandé d'envoyer Sandor dans un bon collège où il aurait des camarades de son rang. Croyez-vous vraiment que les garçons du village sont les compagnons qui conviennent pour votre neveu et héritier? S'il en est ainsi, êtes-vous prêt à les recevoir au château en compagnie de leurs pères?

La voix de Tamara montait peu à peu.

Quand elle se tut, il y eut un long silence. Le duc et la jeune fille se regardaient fixement, les yeux assombris par la colère.

Les mains de Tamara étaient crispées et tout son être restait sur la défensive. Elle avait lancé un défi au duc et attendait sa réponse. Soudain il pivota sur ses talons et traversa le salon.

– Je verrai moi-même Sandor, déclara-t-il.

Il sortit dans le hall et monta lentement l'escalier. Tamara tremblait de tous ses membres et, bouleversée par cette scène, elle n'eut pas tout de suite la force de le suivre.

« Je suis contente d'avoir écrit mon roman, se dit-elle. Je suis contente que son portrait lui ait déplu! Maintenant, peut-être comprendra-t-il qu'il est aussi détestable que le duc d'Ullester... En réalité, il l'est beaucoup plus! »

Quelques minutes s'écoulèrent avant qu'elle eût le courage de quitter le salon bleu et de monter l'escalier. Tandis qu'elle se dirigeait à pas lents vers leur appartement, elle croisa Mme Henderson.

– Oh, mademoiselle! Je n'ai jamais rien vu de pareil! s'écria l'intendante. Pauvre petit M. Sandor! C'est une honte! Une véritable honte! J'ai toujours su que cette école était pleine de mauvais garnements. Je ne comprends pas que Sa Grâce y ait envoyé M. Sandor. C'est incroyable!

– Je ne lui permettrai pas d'y retourner, madame Henderson, affirma Tamara.

L'indignation de l'intendante ne la surprenait pas, car Mme Henderson s'était habituée aux enfants et avait un faible pour Sandor qu'elle préférait à ses sœurs.

– Je vais demander au chef de préparer un bon bouillon pour le pauvre petit. Il ne pourra rien manger de solide ce soir.

– J'en ai peur, convint Tamara. J'avais d'ailleurs l'intention de le demander au chef, mais si vous voulez vous en charger, je vous en serai très reconnaissante.

– Ce sera avec plaisir, mademoiselle, répondit Mme Henderson. Dans ma chambre j'ai une pommade qui cicatriserait les blessures de M. Sandor. Je l'ai essayée plusieurs fois et m'en suis toujours bien trouvée.

– Merci, madame Henderson.

L'intendante s'éloigna rapidement et les clefs du trousseau suspendu à sa ceinture cliquetèrent.

Elle avait vraiment changé depuis le jour de leur installation au château!

Tamara arriva à l'appartement qui leur avait été assigné dans l'aile ouest du château, puis elle pénétra dans le petit salon.

Elle entendit la voix du duc qui s'entretenait avec Sandor. Elle alla dire bonsoir à Vava, mais la petite fille dormait déjà; puis elle se rendit dans la chambre de Kadine.

– Je vous attends depuis longtemps, lui reprocha Kadine. Racontez-moi une histoire.

– Une histoire très courte, répliqua Tamara.

C'était un conte que Kadine aimait particulièrement, car la petite fille qui en était l'héroïne avait des aventures extraordinaires. Elle rencontrait des géants et des dragons, fuyait dans les bois, poursuivie par de méchantes sorcières, mais de bonnes fées venaient à son secours et la protégeaient de tout mal.

Ce n'était pas sans peine que la jeune fille racontait l'histoire : sa pensée était avec Sandor et sa colère contre le duc ne s'apaisait pas.

Elle s'efforçait de garder son calme. Quand l'histoire approcha de son dénouement, elle vit les paupières de Kadine battre et quand elle prononça le dernier mot, la petite fille dormait.

Elle s'aperçut alors qu'elle n'était plus seule dans la chambre. La porte du salon s'était ouverte et le duc se tenait debout sur le seuil.

Elle le regarda et comprit qu'il avait l'intention de lui parler.

Elle mit un doigt sur ses lèvres, borda Kadine et s'approcha de la fenêtre pour tirer les rideaux. Puis sur la pointe des pieds, elle sortit dans le corridor, suivie par le duc.

– J'ai à vous parler, mademoiselle Wynne.

Elle attendit.

– Entrons dans le salon. J'ai transporté Sandor dans sa chambre et je l'ai couché.

– Vous avez porté Sandor?

– Il n'était pas trop lourd pour moi, répliqua le duc d'un ton sarcastique.

Tamara ne répondit rien. Elle était surprise de la sollicitude du duc pour l'un de ces enfants, en particulier pour Sandor.

Elle entra dans le petit salon où le duc la rejoignit.

– J'ai envoyé chercher Watkins, mon valet de chambre; autrefois il a été infirmier : je lui ai demandé de déshabiller Sandor. Il le fera, je vous assure, avec autant de douceur qu'une femme.

– Je suppose que je dois remercier Votre Grâce.

– C'est tout à fait inutile, répondit le duc. Vous ne

le croirez peut-être pas, mais je suis très affligé de voir dans quel état ce pauvre enfant est revenu.

– Je suis très heureuse de l'apprendre.

En prononçant ces mots, elle se rendit brusquement compte qu'elle ne devait pas parler au duc sur ce ton.

Après tout, elle n'était à ses yeux qu'une humble gouvernante, une servante qu'il pouvait renvoyer sur-le-champ, sans même un certificat, si elle l'offensait.

Elle ne pourrait supporter de quitter les enfants, elle le savait et, avec un effort, elle parvint à parler d'une voix radoucie.

– Vous conviendrez, Votre Grâce, que cette école n'était pas celle qui convenait à Sandor.

– Je l'avoue, mademoiselle Wynne, et je l'ai dit à Sandor, répondit le duc. Il ira à Eton au début du trimestre prochain et vous m'aiderez à choisir les professeurs qui lui donneront des leçons jusqu'au mois de septembre.

– Vous l'enverrez à Eton? demanda Tamara.

– Je le lui ai promis.

– C'est dans ce collège que lord Ronald a fait ses études; j'ai toujours désiré que Sandor suive l'exemple de son père.

– C'est là aussi que j'ai été élevé, déclara le duc.

– Alors pourquoi...? commença Tamara.

Le visage du duc changea d'expression et les mots moururent sur les lèvres de Tamara.

– C'est bien, reprit le duc avec hésitation, j'ai commis une faute et ma fierté ne m'empêche pas de l'avouer. Si vous voulez savoir la vérité, eh bien, vous supposiez que je devais automatiquement me charger de l'éducation de ces enfants et cela me déplaisait.

– C'était parce que... vous êtes leur seul parent... Ils n'ont personne d'autre..., balbutia-t-elle.

Brusquement elle se rendait compte qu'elle avait été trop exigeante et trop catégorique. Me Lawson l'avait convaincue que Sandor et les petites filles n'avaient pas d'autre appui au monde et elle n'avait eu qu'une idée : obliger le duc, qu'elle détestait, à faire ses propres volontés.

– En réalité, reprit le duc, nous avons des oncles et des cousins qui se seraient fait un plaisir d'adopter les enfants de mon frère, mais vous n'avez pas pris la peine d'examiner cette question avec moi, mademoiselle Wynne.

– Vous insinuez, Votre Grâce, que je suis seule responsable de ce qui est arrivé à Sandor.

– En un sens, répliqua le duc, et il sourit.

Elle le regarda, surprise de voir que toute colère avait disparu de son visage et que ses yeux souriaient.

– Permettez-moi de vous le dire, mademoiselle Wynne, vous êtes une adversaire redoutable, mais aussi un champion fanatique pour ceux que vous aimez.

Tamara ne trouva rien à répliquer et, comme elle restait indécise, il sortit du salon et s'éloigna.

Elle courut à la chambre de Sandor.

Watkins, le valet de chambre du duc, était avec lui. C'était un petit homme, déjà âgé, et qui avait toujours été très poli avec Tamara, mais qu'elle ne rencontrait pas souvent.

– Je l'ai couché, mademoiselle, dit-il dans un chuchotement complice. Le pauvre petit monsieur sera couvert de bleus demain, mais il n'a rien de cassé.

– En êtes-vous sûr? demanda Tamara. Il souffre tellement que j'ai cru qu'il avait au moins une côte fracturée.

– Il a été frappé très fort, mademoiselle; maintenant, c'est surtout son œil qui lui fait mal. Je vais aller à la cuisine lui préparer une compresse. S'il n'y a pas de glace au château, j'en enverrai chercher.

– Je vous suis très obligée, dit Tamara.

– Cela me rappelle l'époque où Sa Grâce et lord Ronald étaient jeunes. Un jour ils se sont battus avec des garçons du village qui, armés d'arcs et de flèches, chassaient les cerfs de nos bois. Ils étaient deux contre six.

– Qui a remporté la victoire? interrogea Tamara.

– Eux, mademoiselle! Mais Sa Grâce avait un œil au beurre noir et lord Ronald a gardé pendant plus de dix jours le bras en écharpe.

Le vieux domestique se mit à rire.

– Les garçons seront toujours batailleurs, mademoiselle.

Il se dirigea vers les cuisines pour préparer la compresse et Tamara entra dans la chambre de Sandor.

– Comment te sens-tu, chéri? demanda-t-elle, et à la vue de son visage, les larmes lui montèrent aux yeux.

– Oncle Howard a été très chic, répondit-il. Il m'a promis que je ne retournerais pas à cette maudite école et qu'il m'enverrait à Eton.

– Je le sais, approuva Tamara. J'ai toujours souhaité que tu y fasses tes études.

– Papa aussi serait content.

– Sûrement; c'était également le vœu de ta maman.

Sandor essaya de sourire, mais ne put y arriver.

– Pas celui de maman! protesta-t-il. Elle voulait nous garder tous à la maison, mais je crois que je serais allé tout de même au collège.

– J'en suis persuadée, convint Tamara. Je sais que le combat de cet après-midi a été horrible pour toi, mais essaie de l'oublier. Nous commettons tous des erreurs et ton oncle regrette de t'avoir envoyé dans cette école.

– Il me l'a dit lui-même. Figurez-vous qu'il s'est presque excusé. C'est rudement chic de sa part.

– Oui... Je le suppose, murmura lentement Tamara.

Il y eut un silence. Sandor ferma les yeux et les rouvrit aussitôt.

– Au début, les premières fois que je l'ai vu, je le

détestais. Mais maintenant, je trouve qu'il ressemble beaucoup à papa!

Sandor but son bouillon, Tamara l'installa pour la nuit et plaça une clochette sur sa table de chevet : il pourrait ainsi l'appeler, s'il ne se sentait pas bien ou s'il avait soif.

Elle entra dans le petit salon et, tranquillisée sur l'état du jeune garçon, elle put penser à son livre et aux propos échangés par le duc et le commandant Melville.

Le chèque de vingt livres qu'elle avait enfermé dans un tiroir de sa commode lui inspirait de vifs remords; elle songea même à le renvoyer à l'éditeur.

Mais elle se rappela que le duc avait donné l'ordre au commandant Melville d'acheter tous les exemplaires dans les librairies et chez l'éditeur. Cela signifiait que l'éditeur et les libraires ne subiraient aucune perte.

« Je dépenserai la plus grande partie de l'argent pour les enfants, et je donnerai le reste aux pauvres », se promit-elle.

En ne dépensant rien pour elle-même, elle apaiserait sa conscience.

Le duc avait traité si cruellement Maïka et lord Ronald que Tamara en avait été indignée; elle avait voulu venger sa sœur et son beau-frère et s'était servie des seules armes qu'elle possédait.

Quand elle écrivait *Le Venin de la Guêpe*, elle n'imaginait pas qu'un jour le destin la mettrait en présence du vrai duc de Granchester!

Elle n'attaquait qu'une ombre, un symbole, et voilà qu'elle habitait chez son héros, en chair et en os.

Elle poussa un profond soupir et se dit que, quels que fussent les événements, le duc ne devrait jamais connaître la vérité.

Il n'y avait aucune raison pour que les deux lettres de la signature, « T.S. » aient jamais un sens pour lui. Cependant Tamara regrettait de ne pas avoir pris un pseudonyme. Elle avait signé son premier livre de ses seules initiales dans l'espoir que les critiques le croiraient écrit par un homme.

Mais un autre danger la menaçait. La moindre imprudence pouvait révéler sa véritable identité. Le duc saurait alors qu'elle était à la fois l'auteur de ce livre si insultant pour lui et la gouvernante des enfants de son frère.

A l'idée de ce qui arriverait s'il la démasquait, elle eut un frisson.

Ce serait donner au duc un prétexte pour la chasser honteusement du château et l'éloigner des enfants qu'elle adorait.

Elle se rappela avec horreur le ton qu'elle avait pris pour lui faire part des épreuves de Sandor. Mais elle n'avait pu contenir sa colère : le duc avait commis une si mauvaise action en envoyant Sandor à l'école du village !

Il devait bien soupçonner que tout le monde le détestait dans le voisinage.

« Il ne peut pas s'aveugler au point de croire qu'il est aimé ! » pensa-t-elle.

Mais il était duc, son titre et sa fortune lui donnaient une grande autorité dans la région et sans doute, personne, à part elle, n'avait le courage de lui dire la vérité.

« C'est un acte aussi révolutionnaire que si j'avais vraiment suscité une émeute dans son château », conclut-elle.

Elle avait remporté une victoire en lui arrachant la promesse d'envoyer Sandor à Eton, mais il fulminait contre son roman, et la joie et le triomphe de Tamara en étaient assombris.

Certains lecteurs, sans doute, trouveraient le livre amusant; d'autres, vindicatifs et rancuniers, jugeraient que le portrait du duc de Granchester, tout désagréable qu'il fût, était encore trop complaisant.

Soudain un souvenir lui revint : le duc avait déclaré que deux exemplaires lui avaient été envoyés par de proches parents, indignés par cet affront fait à l'honneur de la famille.

Elle avait oublié que les enfants faisaient partie de la famille.

En attaquant le duc de telle façon que tous pouvaient le reconnaître, elle attaquait en même temps la famille Grant et Sandor, Kadine et Vava étaient des Grant.

« Quel horrible gâchis! » pensa humblement Tamara.

Elle se coucha et resta longtemps les yeux ouverts dans l'obscurité. Elle eût voulu, comme cela bien souvent nous arrive, revenir de plusieurs mois en arrière. Elle aurait écrit un roman très différent de celui qui avait été publié.

Tamara s'endormit si tard que, contrairement à son habitude, elle n'était pas debout, quand Rose entra pour tirer les rideaux : elle se trouvait encore au pays des songes. Le soleil entra à flots dans la chambre. Elle s'éveilla et s'assit sur son lit.

– Quelle heure est-il, Rose?

– 8 heures, mademoiselle. Watkins m'a priée de vous dire que M. Sandor a passé une bonne nuit et qu'il va très bien ce matin.

– Je devrais déjà m'occuper de lui.

– Que mademoiselle ne s'inquiète pas. Dans sa jeunesse, Watkins a été infirmier et il dit qu'ici ses talents sont inutiles, car Sa Grâce n'est jamais malade.

– Il paraît en effet très vigoureux, approuva Tamara en sautant du lit.

– Watkins a soigné le père du duc pendant sa dernière maladie, continua Rose. Le vieux monsieur n'avait confiance qu'en lui.

– Il faut que je me dépêche de m'habiller, déclara Tamara. Vous seriez bien gentille de réveiller Mlle Kadine et Mlle Vava.

– J'y vais tout de suite, mademoiselle.

C'était habituellement Tamara qui se chargeait de

ce soin et à 8 h 30, les petites filles étaient toujours prêtes pour descendre déjeuner dans la salle à manger.

Mais ce matin-là, Tamara se coiffait quand Kadine frappa à la porte et entra en coup de vent sans attendre la réponse.

– Sandor est réveillé, mademoiselle Wynne. Il voudrait un œuf pour son déjeuner. Vous lui permettez?

– Bien sûr. Il peut manger ce qu'il voudra, répondit Tamara. Je serai prête dans une minute.

Elle enfonça une dernière épingle dans son chignon et décrocha dans la penderie une robe de mousseline.

– S'il te plaît, Kadine chérie, appelle Rose pour qu'elle me boutonne ma robe.

– Vous ne voulez pas que je le fasse? proposa Kadine.

– Je crois que Rose ira plus vite, répondit Tamara. Je suis en retard, j'ai dormi trop longtemps.

– Vous étiez fatiguée et si inquiète pour Sandor! s'écria Kadine.

– C'est vrai, reconnut Tamara en souriant. Sois gentille, va chercher Rose.

Kadine partit en courant et Tamara enfila sa robe de mousseline; elle chaussa des souliers légers et Rose arriva pour boutonner sa robe.

– Mlle Vava est-elle prête? demanda Tamara.

– Mlle Vava n'était pas dans sa chambre, quand je suis allée la réveiller, répondit la femme de chambre.

– Elle doit être avec Mlle Kadine.

– Non, Mlle Kadine ne l'a pas vue, répliqua Rose qui boutonnait adroitement la robe de Tamara.

– Je lui ai pourtant défendu de sortir de sa chambre avant d'être complètement habillée, déclara la jeune fille. Elle n'en fait qu'à sa tête.

– Mais elle est habillée, mademoiselle. Hier soir,

j'avais laissé une robe propre sur une chaise. Elle l'a mise et elle s'est chaussée.

– Si elle est allée aux écuries, je la gronderai, affirma Tamara. Je veux qu'elle déjeune d'abord, elle le sait.

– Mlle Vava adore son poney, expliqua Rose. Elle ne veut pas le quitter.

– Nous avons tous besoin d'aimer quelque chose, murmura Tamara d'un ton rêveur.

– C'est ce que ma mère disait toujours, mademoiselle, nous avons besoin que la magie de l'amour éclaire notre vie. Sans cela, il n'y a que les larmes.

– Votre mère avait raison, elle possédait sûrement la vraie sagesse.

Quand Rose eut fini de la boutonner, Tamara se rendit dans la chambre de Sandor. Le jeune garçon allait beaucoup mieux, mais son œil était encore noir et sa lèvre enflée.

– Comment vas-tu? demanda Tamara.

– Presque bien, répondit Sandor.

– Reste au lit aujourd'hui, conseilla Tamara. Demain tu pourras peut-être te lever.

– Puisque je ne vais pas à l'école, j'aimerais bien faire une promenade à cheval.

– Je le sais, mais je crois que ce ne serait pas très prudent; tu n'es pas encore suffisamment rétabli.

– Je suppose que vous avez raison, convint Sandor avec un soupir. J'ai des quantités de livres à lire et vous ferez peut-être une partie d'échecs avec moi, quand vous aurez le temps.

– Je préférerais que tu joues, car il est difficile de lire avec un seul œil, répliqua Tamara. Je ferai une partie d'échecs avec toi quand nous rentrerons de promenade, les petites et moi. Ce matin, je les dispenserai de travailler.

– Merci! s'écria Sandor.

Tamara prit Kadine par la main.

– Viens! dit-elle. Allons déjeuner. Si les œufs de Vava sont froids, elle ne pourra s'en prendre qu'à elle.

– Rose a dit qu'elle est sortie. Elle est très désobéissante, n'est-ce pas?

– Très! approuva Tamara. Je serai obligée de la punir, j'en ai peur.

– Comment? interrogea Kadine.

– Je vais y réfléchir, répondit Tamara.

La punition la plus efficace serait de priver Vava de sa promenade à poney; Tamara l'en menacerait, mais ne mettrait cette menace à exécution que si c'était absolument nécessaire.

Les enfants étaient toujours si sages et si raisonnables que leur tante n'avait jamais besoin de les punir.

Ils obéissaient à leur père et à leur mère, parce qu'ils les aimaient, et Tamara savait qu'ils lui obéissaient à elle pour la même raison.

Cependant Vava n'avait pas le droit de sortir si tôt le matin sans prévenir personne et il ne fallait pas lui laisser prendre de telles habitudes.

Tamara installa Kadine à table devant son petit déjeuner. Pour sa part, elle n'aurait pu avaler une bouchée avant d'avoir retrouvé Vava; elle laissa donc la petite fille et sortit dans la cour des écuries.

Plusieurs palefreniers allaient et venaient, mais Vava était invisible. Soudain Tamara aperçut Abbey.

– Bonjour, Abbey.

– Bonjour, mademoiselle.

– Mlle Vava est-elle ici? Elle s'est échappée du château et je pensais la trouver avec Papillon.

– Non, mademoiselle, elle n'est pas venue ce matin.

– Vous en êtes certain?

– Tout à fait certain, mademoiselle. Je ne l'ai pas vue et je n'ai pas entendu sa voix.

Il interpella un garçon d'écurie qui passait.

– Bill, avez-vous vu Mlle Vava ce matin?

– Non, monsieur Abbey.

– Vous êtes sûr qu'elle n'est pas venue?

– Oui. Je suis ici depuis 6 heures du matin.

– Elle doit être dans le château, déclara Tamara qui se hâta de retourner à la salle à manger.

Kadine avait achevé de déjeuner.

– Vous êtes restée longtemps dehors, fit remarquer la petite fille. Je n'ai plus faim.

– Alors viens m'aider à chercher Vava.

Tamara commençait à être inquiète, bien qu'elle ne voulût pas se l'avouer. Elles cherchèrent en vain et, après avoir visité la bibliothèque et le salon bleu, elles se rendirent aux cuisines.

– Avez-vous vu Mlle Vava, monsieur? demanda Tamara au chef.

– Non, mademoiselle, répondit-il. (Puis il ajouta, en souriant à Kadine :) Si vous êtes bien sage, je ferai pour le goûter un gâteau comme vous n'en avez jamais mangé.

– Quel genre de gâteau? interrogea Kadine.

– Un gâteau rose et votre nom y sera inscrit en cerises confites.

Kadine battit des mains.

– Merci, monsieur! Merci bien!

Le chef lui sourit. Tamara se réjouit de sa gentillesse pour les petites filles, mais elle était pressée et elle entraîna Kadine.

Elles remontèrent à l'appartement, espérant que Vava serait de retour. Mais la petite fille n'y était pas et Sandor ne l'avait pas vue.

L'inquiétude de Tamara se transforma en angoisse.

La pendule marquait 8 h 55 et la faim aurait dû faire revenir Vava.

Elle descendait l'escalier en courant, quand elle vit le duc entrer au château.

Selon son habitude, il avait fait de très bonne heure une promenade à cheval. Il tendit sa cravache et ses gants à un valet. Soudain, il leva la tête et vit Tamara.

– Votre Grâce, nous avons perdu Vava! s'écria-t-elle.

Kadine la devança.

– Elle a disparu, oncle Howard; elle n'a pas mangé son petit déjeuner. Nous avons cherché partout. Je suis sûre qu'une fée l'a enlevée!

Tamara poussa un cri.

– Qu'y a-t-il? demanda le duc.

– Je sais où est allée Vava! s'exclama la jeune fille. Elle a voulu revoir le poulain des bohémiens! Elle l'a vu hier et après, elle ne parlait que de lui.

Le duc fronça les sourcils.

– J'ai ordonné à Melville de faire partir les bohémiens.

– Ils ont un poulain pie, expliqua Tamara. Il a émerveillé Vava.

– Je vais aller la chercher, déclara le duc.

– Permettez-moi de vous accompagner! supplia Tamara.

Le duc se tourna vers le majordome.

– Demandez aux écuries un cheval pour moi et un autre pour Mlle Wynne.

– Je vais me changer, je serai prête dans deux minutes, dit Tamara.

Elle remonta en courant, suivie par Kadine.

– Reste avec Sandor, ordonna-t-elle à la petite fille.

Il ne lui fallut pas plus de trois minutes pour revêtir son amazone, puis elle redescendit l'escalier. Le duc l'attendait dehors avec deux chevaux.

– Je ne croyais pas qu'une femme pouvait changer de costume si rapidement! fit-il remarquer.

A la grande surprise de Tamara, il l'aida à se mettre en selle.

Ils traversèrent le parc au galop et arrivèrent dans un champ en jachère où ne poussaient que des herbes.

Tamara le parcourut du regard et fut consternée.

Un gros tas de cendres grises attestait qu'un feu avait été allumé la veille. Les roues des roulottes avaient laissé leurs traces sur l'herbe, de vieux vêtements de couleurs vives, abandonnés à dessein, pendaient aux buissons : c'étaient les seuls signes de la présence des bohémiens, chassés par ordre du duc.

– Ils sont partis! s'écria la jeune fille.

Elle se tourna vers le duc.

– Vous les avez renvoyés! déclara-t-elle. Croyez-vous qu'ils ont emmené Vava?

6

La voix de Tamara tremblait.

– Ils ne peuvent pas être bien loin, nous les rattraperons, promit le duc.

Il remit son cheval au galop.

Ils franchirent la route qui marquait la limite du parc et entrèrent dans des bois aux grands arbres imposants.

Tamara fut brusquement saisie de terreur : si les bohémiens avaient disparu dans ces bois épais et sombres, il serait impossible de les retrouver.

Elle savait que ces êtres primitifs connaissaient des chemins secrets qui leur permettaient de se rendre de village en village; leur instinct les guidait, mais elle doutait que le duc, lui, fût capable de les retrouver.

Cependant il chevauchait avec assurance et, après maints détours, ils arrivèrent à un étroit sentier juste assez large, Tamara le remarqua, pour une roulotte.

De profondes ornières avaient été creusées par des roues, mais peut-être étaient-ce celles des charrettes des bûcherons.

Le duc continuait à avancer sans hésiter. Tamara aurait voulu lui demander où il allait et s'il était certain de se diriger dans la bonne direction, mais sa gorge était si serrée qu'elle ne pouvait prononcer un mot.

Une pensée l'obsédait : elle imaginait Vava enlevée par les bohémiens et emmenée dans un pays lointain où ils ne pourraient jamais la retrouver.

Dans le village circulaient des histoires effrayantes dont les bohémiens faisaient les frais. A les en croire, ces sauvages volaient non seulement des œufs, des poules, des canards, de jeunes agneaux, mais aussi des enfants.

Dans le passé, Tamara n'avait jamais cru à de tels contes. Elle se disait que les bohémiens ont tant d'enfants à eux, qu'ils n'ont pas besoin de voler ceux des autres.

Mais à présent, les légendes que les villageois illettrés se transmettent de génération en génération lui revenaient à l'esprit : les bohémiens étaient les suppôts du diable, ils avaient le mauvais œil et leur malédiction ne manquait jamais son but.

A chaque pas que faisait son cheval, Tamara se sentait de plus en plus inquiète et effrayée.

Soudain, ils débouchèrent dans une clairière dissimulée par les arbres et elle devina que depuis des années c'était là un lieu de campement.

Une douzaine de feux y avaient été allumés, ainsi qu'en témoignaient des tas de cendre grise. Des chiffons de couleurs éclatantes pendaient aux buissons et aux branches les plus basses des arbres. Les bohémiens étaient passés par là, mais ils étaient partis.

Tamara ouvrit la bouche pour demander au duc ce qu'il comptait faire, quand tout à coup elle aperçut Vava.

La petite fille, cachée dans l'ombre d'un sapin, courut vers eux.

– Vava! s'écria Tamara.

Le duc se retourna pour saisir la bride de son cheval; elle glissa à terre et courut vers Vava, les bras tendus.

– Oh, tante Tamara! J'ai eu si peur! s'écria Vava.

Et à l'instant où Tamara la rejoignait, elle éclata en sanglots.

La jeune fille s'agenouilla et la serra contre sa poitrine.

– Tu ne risques plus rien, chérie, affirma-t-elle. Nous t'avons retrouvée, tu n'as plus rien à craindre.

– Les bohémiens m'ont laissée seule, sanglotait Vava. Ils ont dit que je devais rester ici, mais j'avais peur toute seule...

– Je suis là! dit Tamara d'un ton rassurant. Nous allons te ramener au château, le duc et moi. Nous t'avons cherchée partout.

Elle essuya les larmes de la petite fille, la prit dans ses bras et retourna vers son cheval.

– Je vais la mettre sur la selle devant moi, déclara le duc.

Tamara eut une hésitation.

– Je suis sûre que tu seras contente d'être sur Samson, ajouta-t-il à l'adresse de Vava.

Les cils de Vava étaient encore mouillés de larmes, mais elle souriait.

Elle tendit les bras. Le duc l'enleva à Tamara et l'installa sur le cheval devant lui.

– Pouvez-vous monter toute seule? demanda-t-il à Tamara.

– Cela m'est arrivé très souvent, répondit-elle.

Elle souriait. C'était si merveilleux d'avoir retrouvé Vava saine et sauve!

Ils reprirent la direction du château.

– Je voulais revoir le poney, expliqua Vava. Et la dame bohémienne a dit que je devais la suivre.

– Tu n'aurais pas dû sortir seule de si bonne heure le matin, fit observer Tamara.

Mais elle avait peine à prendre une voix sévère, elle était si contente de ramener Vava!

– Je voulais voir le poney, répéta Vava. (Puis, levant les yeux vers le duc, elle ajouta :) les bohémiens étaient très en colère contre vous, oncle Howard, parce que vous les avez chassés.

Il y eut un silence.

– Je vais te dire ce que nous allons faire, Vava,

déclara le duc. Cet après-midi, si tu n'es pas trop fatiguée, ou demain matin, nous irons à l'entrée du parc et nous chercherons les signes que les bohémiens ont laissés à l'intention de ceux qui voudraient camper à cet endroit.

– Quels signes? demanda Vava.

– Ils en ont un qui signifie : « Braves gens, on peut camper ici ! » répondit le duc. Et un autre qui déclare : « Gens méchants qui n'aiment pas les bohémiens ! »

Vava réfléchit un moment.

– Puisque vous les avez chassés, c'est ce signe-là qu'ils auront laissé.

– Exactement, approuva le duc. C'est pour cela que nous allons le changer. Ainsi d'autres bohémiens viendront et tu pourras aller voir leur poney.

– J'aimerais bien! s'écria Vava.

– Mais tu ne dois jamais y aller sans moi, intervint Tamara. Tu as été très vilaine, tu sais!

– Pardon! murmura Vava.

Mais sa voix n'était plus effrayée. Appuyée contre le duc, elle saisit les rênes du cheval.

– C'est moi qui conduis Samson! annonça-t-elle fièrement. Comme Sandor!

– Samson est trop grand pour Sandor, protesta le duc, et toi tu ne pourras pas le monter avant des années.

– Alors je lui ferai sauter les obstacles!

– Il te faudra attendre bien des années et Samson sera alors trop vieux, dit le duc avec un sourire.

En entendant ces propos, Tamara s'étonnait de découvrir un duc si bienveillant.

Pour la première fois depuis son lever, elle pouvait penser à autre chose qu'à Vava. Elle constata qu'il était très beau et que, monté sur l'étalon noir, c'était un magnifique cavalier.

Elle observa ses traits réguliers. Il semblait ne faire qu'un avec son cheval, tel un centaure de la mythologie. Son expression de dureté avait disparu et ses yeux avaient un éclat qu'elle voyait pour la première fois.

Quand ils atteignirent le parc, Vava voulut aller plus vite. Pour lui faire plaisir, le duc mit Samson au trot et Tamara l'imita avec son cheval.

– Ne pouvons-nous aller directement aux écuries? demanda la jeune fille en approchant du château. Abbey était très inquiet de la disparition de Vava et, j'en suis sûre, il serait heureux de savoir que nous l'avons retrouvée.

Pour toute réponse, le duc se contenta de sourire. Ils traversèrent la cour des écuries et Abbey courut en poussant une exclamation de joie.

– Vous avez retrouvé Mlle Vava, Votre Grâce? Quel bonheur de la voir revenir saine et sauve!

– Il ne lui est rien arrivé de fâcheux, Abbey, répondit le duc.

Le vieux palefrenier leva les bras pour prendre Vava et la poser à terre, mais la petite fille eut un mouvement de recul.

– Non! Je veux faire sauter les obstacles à Samson. Oncle Howard, permettez-moi, s'il vous plaît, d'aller jusqu'au bout du champ de courses et de revenir.

– Si j'acceptais, tu risquerais de tomber, tu ne pourrais pas rester en selle, répondit le duc. Mais j'ai une autre idée : je vais sauter avec Samson la barrière à cinq barreaux et tu viendras me regarder.

Cette proposition arracha un cri de joie à Vava.

Elle laissa Abbey la poser à terre, Tamara descendit également de cheval et toutes les deux, main dans la main, traversèrent la cour.

Le duc fit reculer Samson, puis le lança au galop en direction de la barrière. Le cheval s'avança avec assurance : ce saut lui était familier, il l'avait exécuté des douzaines de fois. Mais tandis qu'il galopait, Tamara eut brusquement l'impression que, si ses souvenirs étaient exacts, ce n'était pas la même barrière : celle-ci était beaucoup trop haute!

Le cheval prit son élan; elle admira la grâce de l'animal et la superbe prestance de son cavalier.

Puis elle entendit le heurt des sabots de Samson

contre le barreau supérieur, ce fut un craquement retentissant pareil à la détonation d'un pistolet.

Abbey poussa un cri rauque. A sa grande consternation et à l'horreur de Tamara, la barrière ne s'écroula pas.

Samson tomba et, tandis qu'il s'affaissait sur les genoux, le duc vola par-dessus sa tête et s'écrasa sur le sol.

Tamara fut la première à l'atteindre. Elle se pencha sur lui et constata que ses yeux étaient fermés.

Avec une terreur soudaine qui la frappa comme un coup de poignard en plein cœur, elle crut qu'il était mort.

Tamara s'avança dans le corridor qui partait de l'aile ouest et, quand elle atteignit l'escalier d'honneur, elle vit deux hommes qui le descendaient en parlant à voix basse.

Elle reconnut l'un d'eux : c'était le médecin du village que l'on avait envoyé chercher, pendant que le duc était transporté au château sur un brancard improvisé. L'autre était le spécialiste arrivé de Londres quelques heures plus tôt.

La veille, après l'accident, le duc n'avait pas repris connaissance. D'heure en heure, Tamara demandait de ses nouvelles, mais Watkins n'avait rien de rassurant à lui annoncer.

Ce jour-là, en se levant, elle apprit que le duc avait ouvert les yeux et prononcé quelques paroles, mais qu'il souffrait atrocement.

– Je n'ai jamais rien vu de pareil, déclara Watkins en secouant la tête. Le maître gémit comme s'il subissait une torture, lui que je n'ai jamais entendu se plaindre.

– Pourquoi le laisse-t-on souffrir inutilement? demanda Tamara. Le médecin pourrait lui donner un calmant.

– Le Dr Emmerton attendait l'arrivée de sir George Seymour, le grand spécialiste de Londres, mademoiselle, expliqua Watkins. C'est le médecin du roi, vous le savez, on ne peut pas trouver mieux.

– Oui, le Dr Emmerton a eu raison, j'en suis sûre, approuva Tamara. Mieux valait connaître le diagnostic de sir George avant de tenter quelque chose.

Cependant elle s'affligeait de savoir que le duc souffrait et s'étonnait d'en être si malheureuse.

Watkins disait que son maître gémissait de douleur et elle se rappela l'émotion intense qu'elle avait ressentie en découvrant le duc allongé par terre sans mouvement : elle avait cru qu'il était mort!

Elle avait été au supplice quand les hommes le soulevèrent et le transportèrent, les yeux fermés, sans connaissance et peut-être sans vie.

Quelques minutes plus tôt, elle admirait le magnifique cavalier monté sur Samson et soudain, pareil à un chêne puissant abattu par la foudre, il gisait sur le sol, inanimé, peut-être à l'agonie.

Ce spectacle, à sa propre surprise, lui avait mis les larmes aux yeux.

La nuit, elle n'avait pu dormir, en proie aux plus vives inquiétudes. En se levant, elle trouva Sandor beaucoup mieux : il avait déjeuné avec appétit et demandait à se lever. Cette prompte guérison qui, la veille, l'aurait comblée de joie, ne parvint pas à dissiper sa tristesse.

Et le problème de la barrière à cinq barreaux continuait à la préoccuper, et même à l'obséder.

Quand elle s'était écartée pour permettre aux hommes de soulever le duc et de le poser sur le brancard afin de le transporter jusqu'à sa chambre, elle s'était retournée pour regarder la barrière et s'était demandé pourquoi l'obstacle ne s'était pas écroulé comme prévu.

Elle découvrit que les barreaux avaient été cloués aux poteaux!

De plus elle vit que sa première impression ne l'avait pas trompée : la barrière avait environ dix centimètres de plus que les autres jours.

« Qui a pu faire une chose pareille? » songea-t-elle. Mais elle n'avait pas besoin d'en apprendre davantage : quelqu'un dans le domaine, un employé qui détestait son maître, avait voulu prendre sa revanche et exécuté ce que souhaitaient tous les ouvriers agricoles du duc et tous les villageois.

Elle devait admettre que, par sa conduite, le duc avait provoqué cet attentat. Cependant, malgré tout ce qu'elle avait à lui reprocher, elle s'indignait d'un tel châtiment.

Il fallut attendre toute la matinée avant de connaître le diagnostic de sir George. Enfin elle se dirigea vers la chambre du duc et elle était sur le point de frapper, quand la porte s'ouvrit devant Watkins.

– Je viens pour..., commença Tamara, et sa voix se brisa.

Le vieux valet de chambre pleurait, des larmes ruisselaient sur ses joues.

– Qu'y a-t-il? demanda la jeune fille à voix basse.

– C'est Sa Grâce, mademoiselle.

Tamara retint une exclamation.

– Il n'est pas... mort? chuchota-t-elle d'une voix à peine perceptible.

Au moment où elle prononçait ces paroles, son cœur se serra et elle comprit qu'elle aimait le duc de Granchester.

Cette révélation était si surprenante et en même temps si douloureuse, que Tamara resta sans mouvement, comme changée en statue de pierre.

D'un revers de main, Watkins s'essuya les yeux.

– Non, mademoiselle, pas mort, c'est pire.

– Qu'est-ce qui peut être pire que la mort? interrogea Tamara d'une voix tremblante, car les mots pouvaient à peine sortir de ses lèvres.

– Sir George a dit qu'il s'était cassé la colonne vertébrale et qu'il resterait paralysé.

Comme si ce verdict était trop dur à supporter, Watkins se cacha le visage dans ses mains.

Tamara resta immobile, les yeux fixés sur lui, et devint pâle comme une morte.

– Ce n'est pas possible... Sir George est-il sûr?

– Demain, il reviendra avec un autre spécialiste, mademoiselle, mais j'ai compris au son de sa voix et à l'expression du Dr Emmerton qu'ils ne gardaient pas beaucoup d'espoir.

Il y eut un silence. Tamara n'avait plus la force de parler.

– Sa Grâce préférerait mourir que de rester dans un lit jusqu'à la fin de ses jours, reprit Watkins. Je le sais.

Tamara en était certaine, elle aussi.

En proie à des sentiments contradictoires, elle avait perdu tout pouvoir de penser et contemplait désespérément le visage plein de larmes de Watkins.

– Il doit y avoir quelque chose à faire, déclara-t-elle au bout d'un moment.

– Le Dr Emmerton renvoie sa voiture avec un médicament qui calmera un peu Sa Grâce, dit Watkins. Mais mon maître jure qu'il ne prendra pas ces maudites drogues! Il n'a jamais été malade de sa vie.

Tamara ne répondit rien.

– C'est terrible de le voir dans cet état, mademoiselle, terrible!

Accablée par son impuissance, Tamara joignit les mains. Jamais de toute sa vie, elle n'avait éprouvé un désir aussi intense de secourir quelqu'un. Elle avait l'impression qu'une barrière infranchissable se dressait devant elle.

Désemparée, elle restait immobile.

Watkins sortit de sa poche un mouchoir chiffonné et s'essuya le visage.

– Il faut que je retourne auprès de Sa Grâce, mademoiselle.

Il se tourna vers la porte. Au même moment un valet de chambre fit son apparition.

– Je vous cherchais, mademoiselle, dit-il à Tamara. A la porte de service, un homme désire vous parler.

– Un homme? interrogea Tamara qui comprenait à peine ce que disait le valet.

– Oui, mademoiselle. Il dit qu'il vient de Cornouailles et que vous l'attendez. C'est un aveugle.

Tamara poussa un petit cri.

– Erth! Erth Veryon! Où est-il? Conduisez-moi jusqu'à lui, vite!

Le valet la regarda d'un air surpris, la précéda dans l'escalier de service et la conduisit à la porte des cuisines.

Erth Veryon attendait dehors; ses cheveux blancs flottaient au vent et son petit-fils était à ses côtés.

– Erth! Erth! s'écria Tamara en tendant les mains vers lui. Vous arrivez au bon moment! J'ai besoin de vous... Terriblement besoin de vous!

– Le Seigneur a guidé mes pas jusqu'ici, déclara Erth avec son accent de Cornouailles. J'ai senti qu'un travail m'y attendait!

– Vous ne vous êtes pas trompé! s'écria Tamara. Accompagnez-moi, venez voir le duc. Il a fait une chute... Il est tombé de cheval... Les médecins prétendent qu'il s'est cassé la colonne vertébrale et qu'il restera paralysé.

Tout en parlant, elle saisit la main du nouveau venu et lui fit traverser la cuisine.

Au contact de sa main, elle sentit cet étrange fluide que ses doigts lui avaient communiqué quand il lui avait dit adieu.

Ils montèrent l'escalier.

Pendant qu'elle gravissait les marches, des questions se formaient dans l'esprit de Tamara : Erth serait-il capable de secourir le duc, quand le médecin du roi restait impuissant!

Cependant elle savait qu'il possédait un don extraordinaire, qu'il avait guéri son beau-frère et plusieurs personnes dans le village de Cornouailles.

Sa réputation s'étendait au loin, les pêcheurs et les villageois le considéraient presque comme un saint.

– Allez chercher Erth! criait-on, quand quelqu'un était blessé ou si gravement malade que le médecin ne gardait plus aucun espoir. Mais devant l'appartement du duc, Tamara se demanda ce que cet homme autoritaire penserait, si elle lui amenait un guérisseur aveugle.

Il resterait incrédule, nierait les dons surnaturels accordés à un aveugle, les tournerait en dérision; peut-être même refuserait-il à Erth d'essayer de le secourir.

Ses craintes firent battre son cœur; Erth les devina.

– Ayez confiance en Dieu, mon enfant, et en son amour, déclara-t-il. Notre Seigneur ne nous abandonne jamais.

Tamara retint son souffle.

– Vous avez raison, Erth, chuchota-t-elle.

Elle frappa à la porte du duc.

Watkins ouvrit et ne cacha pas sa surprise de voir un homme avec Tamara.

– Je voudrais parler à Sa Grâce, annonça la jeune fille.

Elle entra, conduisant toujours Erth par la main.

Elle pénétrait pour la première fois dans la chambre du duc et elle trouva que cette pièce, au plafond très haut, s'accordait à la noblesse de son occupant.

Des rideaux de velours cramoisi encadraient les fenêtres et retombaient du baldaquin autour du lit immense.

Le blason de famille était brodé sur l'oreiller et sur les draps. Le duc reposait à plat sur le dos et ressemblait, pensa Tamara, à un gisant de pierre au-dessus d'un tombeau.

Elle chassa cette pensée de son esprit et s'approcha du lit sans lâcher la main de l'aveugle.

Le duc avait les yeux fermés, mais ses sourcils froncés, ses lèvres serrées comme pour retenir des cris et des plaintes révélaient quelles étaient ses souffrances.

– Votre Grâce...

La voix de Tamara n'était guère plus qu'un murmure, mais il l'entendit et ouvrit les yeux.

Il la regarda sans surprise. On eût dit que, torturé par la souffrance, il faisait appel à son aide, tout en sachant qu'elle ne pouvait rien pour lui.

– Votre Grâce, répéta Tamara, je vous amène un homme qui vous guérira.

L'expression du duc ne changea pas.

– Il a guéri votre frère lord Ronald et, nous en sommes tous persuadés en Cornouailles, il possède un don qui n'est pas de ce monde. Je vous en supplie, permettez qu'il vienne à votre secours.

Pendant quelques secondes, elle crut que le duc allait refuser, puis il prit la parole d'une voix rauque.

– S'il peut calmer ces affreuses douleurs, je croirai tout ce que vous me direz de lui, dit-il.

Tamara éprouva un brusque soulagement. Elle avait eu si peur... si terriblement peur que le duc refuse l'aide d'Erth et le chasse de sa chambre.

Elle s'écarta et l'aveugle s'approcha du lit.

Tamara recula pour s'adosser au mur. Le petit-fils d'Erth et Watkins restèrent près de la porte.

Erth se redressa et se tint immobile près du duc. Tamara connaissait pour l'avoir appris en Cornouailles sa façon de procéder. Son esprit pénétrait dans le corps du malade, afin de découvrir la cause de ses souffrances.

Pendant une longue minute il ne fit pas un mouvement.

Enfin, Erth sortit de son immobilité, et très doucement il glissa une main sous l'épaule du duc.

Son geste releva les draps : le duc était nu. Les médecins qui l'avaient déshabillé pour l'examiner ne lui avaient pas mis de chemise de nuit.

Malgré la douceur des gestes d'Erth et les précautions qu'il prenait, le duc ne put s'empêcher de gémir.

– Vous irez mieux dans un petit moment, déclara le guérisseur. La douleur va s'apaiser.

Tout en parlant, il posa son autre main sur la poitrine du duc. Tamara le savait, c'était l'instant où le pouvoir qu'il tenait de Dieu passait de son corps dans celui du blessé ou du malade.

Erth leva la tête comme s'il implorait le ciel.

Tamara savait qu'il priait, qu'il parlait avec Dieu et lui demandait de guérir par amour l'homme dont la colonne vertébrale était brisée.

Pendant quelques minutes un silence profond régna dans la pièce.

– Je sens un étrange fluide et une chaleur intense, murmura enfin le duc. Cela semble venir du contact de votre main.

Erth ne répondit pas.

– La douleur disparaît... Je ne souffre plus! s'écria le duc quelques instants plus tard.

Tamara joignit les mains.

Pour la première fois, des larmes montèrent à ses yeux, des larmes de soulagement et de bonheur. En les sentant couler sur ses joues, elle comprit la profondeur de son amour pour le duc.

C'était absurde de l'aimer, quand si peu de temps auparavant elle nourrissait à son endroit une haine si violente; mais elle ne pouvait se méprendre sur l'extase qui remplissait son cœur.

Elle l'aimait, pensa-t-elle, bien avant d'avoir conscience de son amour, quand Watkins lui avait appris que le duc resterait paralysé.

L'amour était né en elle si lentement, d'une façon si insidieuse, qu'elle ne s'était doutée de rien.

Il lui était cependant impossible de ne pas penser au duc. En réalité, même quand elle le détestait, il remplissait son esprit, et son image chassait toutes les autres.

Puis, quand il avait montré tant de bonté pour

Sandor, quand il s'était excusé d'avoir envoyé le jeune garçon à l'école du village, elle avait reconnu que, selon l'expression de Sandor, c'était « un chic type », assez généreux pour reconnaître son erreur.

Peu d'hommes dans sa situation en auraient fait autant.

C'est peut-être à ce moment, se dit-elle, que ses sentiments pour lui avaient changé.

A partir de cet instant, à chaque minute, à chaque heure, son amour avait grandi, bien qu'elle refusât de l'admettre.

Le désespoir qui l'avait saisie en le voyant tomber de cheval aurait dû l'éclairer, mais son inquiétude avait été trop vive pour laisser place à une autre pensée.

Mais quand Watkins lui fit part du diagnostic des médecins, elle eut la révélation de la vérité et sentit que son amour se gravait en lettres de feu dans son corps.

« Je l'aime, se dit-elle. J'admire sa beauté et je l'aime dans tous ses actes, j'aime sa bonté pour Vava, son attitude compréhensive quand je la croyais perdue. »

Toutes ces pensées se succédaient rapidement dans son esprit pendant qu'elle attendait, sur le qui-vive, dans la chambre silencieuse, se demandant si Erth réussirait ce qui serait un véritable miracle.

– La vibration et la chaleur ont disparu, déclara le duc, au bout de quelques minutes qui leur parurent longues comme une éternité.

Erth baissa la tête, comme s'il pouvait voir le malade.

– Voulez-vous bouger votre bras? demanda-t-il.

– Je ne peux pas..., commença le duc.

Mais au moment même où il prononçait ces mots, il souleva son bras gauche.

– Maintenant le droit, ordonna Erth.

Le duc obéit.

Et soudain il comprit ce que signifiaient ces gestes.

– Vous m'avez guéri! prononça-t-il d'une voix vibrante d'émotion.

– C'est Dieu qui guérit, pas moi, répondit Erth.

– Que puis-je dire? demanda le duc.

– Contentez-vous de remercier Dieu qui aime ses enfants et me permet, à moi, son humble serviteur, si telle est sa volonté, d'aider ceux qui souffrent.

– Je peux bouger! Je ne suis pas paralysé! déclara le duc, comme s'il pouvait à peine le croire.

Il allait s'asseoir dans son lit, mais la main d'Erth le retint.

– Restez immobile, Votre Grâce! recommanda le guérisseur. Votre dos vous fera mal encore un peu aujourd'hui, et peut-être encore demain. Laissez agir le pouvoir de Dieu. Il agit lentement, très lentement!

Il répéta ces mots en souriant, puis s'éloigna du lit. Tamara devina ce qu'il souhaitait : elle s'avança vers lui et lui prit les mains.

– Comment puis-je vous remercier? demanda-t-elle.

– Je ne veux pas de remerciements, répondit Erth. Je suis venu, parce que vous aviez besoin de moi.

– Les enfants seront heureux de vous voir.

– Alors conduisez-moi auprès d'eux.

– Après les avoir vus, je vous en prie, ne partez pas, supplia le duc. J'aimerais que vous restiez au moins jusqu'à demain, au cas où j'aurais une rechute.

– Vous n'aurez plus besoin de moi, Votre Grâce, répliqua Erth. Il faut que nous reprenions notre chemin, mon petit-fils et moi.

– Je vous offre l'hospitalité aussi longtemps que vous le voudrez, reprit le duc.

– On a besoin de moi ailleurs, murmura Erth, comme s'il entendait une voix qui lui donnait des ordres.

– Alors que puis-je faire pour vous exprimer ma reconnaissance? demanda le duc.

Erth ne répondit pas. Il traversa la pièce et se dirigea vers son petit-fils.

Tamara s'approcha du duc.

– Donnez-lui tout ce qu'il voudra, ordonna-t-il.

– Il n'acceptera pas d'argent, répondit Tamara. Mais je verrai ce que je peux faire pour lui.

Ses yeux rencontrèrent ceux du duc.

– Merci, dit-il tout bas.

Elle se hâta de se détourner, de peur qu'il ne lise sur son visage les sentiments qu'elle éprouvait pour lui.

Elle conduisit Erth à leur appartement de l'aile ouest. Sandor l'accueillit avec une exclamation où la surprise se mêlait à la joie.

– Erth! Que faites-vous ici?

– Erth a guéri le duc, expliqua Tamara.

– Si vous étiez venu hier, vous auriez pu me guérir, reprit Sandor.

– Que vous est-il arrivé, monsieur Sandor? interrogea Erth.

Il tendit la main et, sans hésitation, la posa sur l'œil encore enflé de Sandor.

– Je ne souffre plus, Erth, protesta Sandor un peu gêné.

– Ne bouge pas, recommanda Tamara. Tu le sais, Erth te guérira.

– Pour le moment, il me donne des démangeaisons, se plaignit Sandor.

Erth ne parut pas l'entendre. Il laissa sa main sur l'œil de Sandor, puis de l'autre toucha sa lèvre fendue.

Au bout d'un moment, Sandor cessa de protester et resta immobile.

Enfin Erth retira ses mains.

– Vous êtes rudement habile, Erth! s'écria le jeune garçon. Déjà mon œil ne me fait presque plus mal!

L'aveugle posa les mains sur ses épaules.

– Elles sont raides, mais cela va passer. Vous êtes endolori, mais vous n'avez pas d'os cassé, dit-il.

– Alors je pourrai monter à cheval! s'exclama Sandor d'un ton différent.

Erth eut un sourire.

– Demain vous monterez à cheval, monsieur Sandor, vos ecchymoses seront guéries.

– Comment savez-vous que j'ai des ecchymoses? questionna Sandor.

Puis il jeta un regard à Tamara et se mit à rire.

– C'est un sorcier! conclut-il.

– Je crois que c'est le mot juste, reconnut Tamara en souriant.

Elle était si heureuse de la guérison du duc qu'elle avait envie de danser.

Elle avait peine à maîtriser son désir d'aller le rejoindre, pour s'assurer qu'il ne souffrait plus et qu'il pouvait remuer ses membres.

Mais il fallait attendre. Elle commanda un repas pour Erth et son petit-fils. Quand ils prirent congé, elle glissa quelques pièces d'or dans la main du jeune garçon. Elle lui en offrit cinq, mais il secoua la tête et n'en prit qu'une seule.

Elle ne pouvait insister. Il n'acceptait que ce qui leur était indispensable pour le reste du voyage. Pour des raisons qui lui étaient particulières, Erth ne voulait posséder aucun bien et vivait au jour le jour.

Il s'entretint un moment avec Kadine et Vava, et tous l'escortèrent jusqu'à la porte pour lui dire au revoir. Avant de partir, il prit la main de Tamara.

– Le poison n'est plus en vous, déclara-t-il. Vous ne haïssez plus, mon enfant, vous aimez. C'est bien! Maintenant vous trouverez le bonheur!

Tamara le regarda avec stupéfaction, mais en présence des enfants, elle ne pouvait répondre. Elle se contenta d'incliner la tête et de baiser la main d'Erth.

Souriant comme s'il comprenait pourquoi elle le remerciait, il s'éloigna avec son petit-fils et Tamara les suivit des yeux jusqu'à ce qu'ils disparaissent.

Ils remontèrent à leur appartement et Tamara lut une histoire à Kadine et à Vava, jusqu'au moment où Rose vint les coucher.

– Ce soir, je peux dîner en bas avec vous, annonça

Sandor. Vous avez entendu ce qu'a dit Erth : demain je pourrai monter à cheval!

– Je l'ai entendu, approuva Tamara. Et tu seras aussi en mesure de faire une version latine.

– Ce n'est pas juste! s'écria Sandor. Vous aviez dit que je devais me reposer jusqu'à la fin de la semaine!

– Si tu as assez de force pour te promener à cheval, tu en auras aussi pour traduire une page de Virgile et faire quelques problèmes! riposta sévèrement Tamara.

Sandor répondit par une petite grimace et se résigna sans plus se plaindre.

– Pourquoi Erth est-il venu ici? demanda-t-il au bout d'un moment.

– Il savait que nous avions besoin de lui.

– Il a vraiment guéri oncle Howard?

Tamara fit un signe affirmatif.

Elle n'avait pas parlé à Sandor de la paralysie du duc.

C'était à peine croyable : si Erth n'était pas arrivé, le duc aurait été obligé de garder une immobilité complète et peut-être plus tard n'aurait-il pu se déplacer que dans un fauteuil roulant.

« Merci mon Dieu, merci! » disait son cœur.

Mais tandis qu'elle exprimait à Dieu sa reconnaissance, une question lui vint à l'esprit :

« Pour moi, qu'est-ce que cela signifie? »

Elle eut peur de la réponse...

Pendant que Kadine et Vava faisaient leur sieste après le déjeuner sous l'œil vigilant de Rose, Tamara descendit l'escalier.

Le matin, Sandor avait fait une promenade à cheval et elle lui avait ordonné de prendre du repos l'après-midi.

Ses protestations manquèrent de conviction. Elle comprit qu'il était fatigué et s'allongerait avec plaisir sur un sofa, un livre à portée de sa main.

Tamara se rendit à la bibliothèque, afin de trouver quelque chose à lire pour elle-même.

Tant d'événements avaient eu lieu ces derniers jours qu'elle avait été incapable de parcourir un journal, encore moins de se plonger dans un ouvrage sérieux.

Mais quand elle décida de passer tranquillement une heure ou deux avec un livre, elle s'aperçut qu'elle avait terminé ses deux romans et devait les rapporter à la bibliothèque.

Watkins lui apprit que le duc avait dormi toute la nuit et qu'il avait l'intention de se lever.

– Je vous en prie, conseillez-lui de se reposer encore un peu, dit-elle au valet de chambre en regrettant de ne pouvoir s'adresser directement au duc. Vous le savez, Erth Veryon a dit qu'il resterait endolori encore quelque temps, ajouta-t-elle.

– Etre endolori, mademoiselle, et être incapable de bouger, c'est tout différent, répliqua Watkins.

– Je le sais, convint Tamara, mais il serait plus prudent que Sa Grâce se repose jusqu'à la fin de la semaine.

Watkins se mit à rire.

– Il faudrait que vous lui parliez vous-même, mademoiselle. M. le duc ne veut pas m'écouter et déteste qu'on le dorlote.

– Je comprends cela, dit Tamara, mais essayez de le persuader d'être raisonnable.

Elle espéra rencontrer le duc le soir, car elle était presque certaine qu'il descendrait pour dîner.

A sa grande surprise, quand elle atteignit le grand hall qu'elle devait traverser pour aller à la bibliothèque, la porte du salon bleu s'ouvrit pour livrer passage à un valet.

– Sa Grâce demande à parler à Mademoiselle.

– Le duc est descendu? s'enquit Tamara.

– Sa Grâce a déjeuné en bas, mademoiselle.

Le valet ouvrit la porte et Tamara entra.

Le duc était assis dans un fauteuil, près de la fenêtre.

En la voyant il se leva.

– Je vous en prie, restez assis, conseilla-t-elle, en se hâtant de traverser la pièce, les yeux rivés sur son visage.

Comme toujours, il était majestueux et elle fut de nouveau étonnée de sa beauté.

Et puis il semblait heureux. La douleur ne contractait plus ses traits, et son expression de cynisme et de dureté avait disparu.

Un faible sourire aux lèvres, il la regarda s'avancer vers lui. Quand elle fut à ses côtés, elle leva la tête et découvrit dans ses yeux une lumière qui précipita les battements de son cœur.

– J'ai beaucoup de choses à vous dire, déclara-t-il. Il faut que je commence par vous remercier de m'avoir sauvé la vie.

– C'est Erth qui vous a guéri.

– Mais c'est vous qui l'avez amené à mon chevet et, par une étrange intuition que je ne m'explique pas, il savait qu'on avait besoin de lui dans le château.

– On en avait bien besoin, approuva Tamara. Il vous a rendu la santé.

– J'ai encore du mal à y croire, répliqua le duc, et je tiens à vous remercier.

– Vous me gênez beaucoup, protesta Tamara. Nous sommes tous reconnaissants à Erth Veryon et nous nous réjouissons de votre guérison.

Le duc leva les sourcils.

– Nous?

– Tout le monde au château.

– En êtes-vous sûre?

– Certaine, répondit-elle un peu embarrassée par son insistance.

– Je croyais que vous alliez dire que c'était bien ma faute si cet accident était arrivé.

Elle le regarda avec surprise et il lui indiqua un fauteuil en face du sien.

– Installez-vous... confortablement,... proposa-t-il. Nous avons beaucoup de choses à examiner.

Tamara s'assit, une vive inquiétude se peignit sur son visage et du regard elle interrogea le duc.

– Quelqu'un avait tout préparé pour mon accident, reprit le duc. Je le sais maintenant, les barreaux avaient été fermement fixés aux poteaux et la barrière avait été surélevée. Et même si haute qu'aucun cheval n'aurait pu la sauter sans tomber.

– Qui a pu faire une chose pareille? demanda Tamara.

Le duc haussa les épaules.

– N'importe qui. Il y a tant de mécontents dans mon domaine.

– Qu'allez-vous faire?

En prononçant ces mots, elle pensa que cette question lui paraîtrait sans doute impertinente.

– Apaiser les mécontents en leur accordant ce qu'ils désirent, répliqua le duc. C'est sûrement le conseil que vous me donneriez?

– J'ai entendu dire que l'agitation règne ici comme dans toutes les autres régions de l'Angleterre, dit Tamara. Les gens qui travaillent ont besoin de compassion et de compréhension. Il faudrait que quelqu'un prête l'oreille à leurs doléances.

– C'est exactement ce que j'ai l'intention de faire, déclara le duc. Vous le voyez, nous avons les mêmes idées.

Il sourit en prononçant ces mots et elle eut un élan d'amour pour lui.

– Et maintenant, reprit le duc, si nous parlions de notre neveu et de nos nièces?

Tamara ouvrit de grands yeux et ses joues s'empourprèrent.

– Vous ne pouvez pas continuer à jouer la comédie, déclara le duc à mi-voix.

– Vous avez entendu... Vava... m'appeler tante Tamara?

– Je soupçonnais la vérité avant d'en avoir confirmation, répliqua le duc. Une gouvernante, aussi dévouée qu'elle soit, ne défend pas avec autant de passion l'intérêt des enfants dont elle a la charge.

Tamara baissa les yeux et ses longs cils parurent très noirs sur ses joues d'un rose délicat.

– Je... Je croyais que... vous ne m'accepteriez pas chez vous si vous saviez que j'étais... la sœur de Maïka, balbutia-t-elle.

– J'ai des explications à vous donner à ce sujet et j'espère, Tamara, que vous voudrez bien les écouter, continua le duc. Je veux que vous compreniez l'attitude que j'ai adoptée à l'égard de mon frère.

En l'entendant prononcer son prénom, elle leva les yeux vers lui et l'écouta attentivement.

– Quand mon frère Ronald s'est marié, je n'étais pas en Angleterre et je n'ai appris que des années plus tard la conduite sévère de mon père.

Il devina la surprise de Tamara.

– En août 1808, je débarquais au Portugal sous le commandement de sir Arthur Wellesley.

– Vous étiez avec votre régiment?

– Oui, nous nous battions contre les Français. Vous ne l'ignorez pas, la campagne a été longue et éprouvante.

– Vous n'avez donc pas appris que votre frère s'était marié?

– Non, je n'en avais pas la moindre idée. Comme vous pouvez l'imaginer, les lettres d'Angleterre nous arrivaient rarement, à nous qui étions sur le champ de bataille.

– Je le comprends, murmura Tamara.

Elle commençait aussi à comprendre d'autres choses.

– Ce ne fut qu'à mon retour chez moi, la guerre terminée, que mon père m'apprit ce qui s'était passé.

– Pourquoi n'avez-vous pas cherché à revoir lord Ronald?

– J'en avais un vif désir, mais mon père, qui ne lui avait pas pardonné de s'être marié contre sa volonté, déclara qu'il ignorait où se trouvait son fils cadet. J'ai fait des recherches qui sont restées sans résultat. Nos parents et nos amis ne savaient rien de Ronald.

– Et la pension qu'il recevait...

– J'allais vous en parler, reprit le duc. Quand mon père est mort, j'ai hérité de ses biens et j'ai découvert que, malgré son ressentiment, il versait une pension à Ronald. J'ai continué, mais n'ai fait aucune tentative de réconciliation.

– Pourquoi? interrogea Tamara.

Le duc détourna la tête.

– C'est difficile à expliquer, avoua-t-il. Je ne sais si Ronald vous a décrit la vie que nous menions quand nous étions enfants.

– J'ai compris que votre père et votre mère ne s'occupaient pas beaucoup de vous et ne vous témoignaient aucune affection.

– Je crois qu'ils ne nous aimaient pas du tout, déclara le duc. Nous étions abandonnés aux soins des serviteurs. Autant qu'il m'en souvienne, mon père ne nous adressait jamais la parole, si ce n'est quand il nous punissait pour une peccadille quelconque.

Il s'interrompit, comme s'il lui était trop pénible d'évoquer les souvenirs de cette enfance malheureuse.

– Nous étions tous les deux beaucoup plus heureux au collège qu'à la maison et, quand j'entrai dans l'armée, je m'y trouvai tout à fait à mon aise, car j'avais des camarades et aussi l'impression d'avoir un but dans la vie.

La voix du duc se durcit.

– Mais c'était une existence triste et très pénible, reprit-il. Si j'avais un fils, je ne voudrais pas qu'il voie ce que j'ai vu, et lui éviterais les horreurs d'un champ de bataille avec les cris des blessés et des mourants.

Tamara retint son souffle.

Elle ne croyait pas le duc capable de parler avec tant d'émotion et de s'attendrir sur les souffrances des autres.

– A mon retour en Angleterre, reprit le duc d'un ton différent, j'étais bien décidé à connaître les plaisirs et les joies dont j'avais été privé pendant ces longues années de guerre. Je me suis installé à Londres.

Il eut aux lèvres un sourire moqueur.

– Vous êtes trop jeune pour comprendre l'effet que me fit Londres après avoir vécu si longtemps sur le continent.

– Vous avez été scandalisé? demanda Tamara.

Elle se rappela ce qu'elle avait entendu dire sur l'immoralité, les associations de malfaiteurs, les folles dépenses des débauchés et des gens du monde.

– Je fus scandalisé par la cruelle indifférence témoignée aux hommes qui avaient risqué leur vie pour la liberté de leur patrie, répliqua le duc. C'était une pénible désillusion. Elle m'a rendu cynique et blasé.

Il fit une pause.

– En ce qui concerne les femmes, j'ai eu beaucoup de désillusions, mais cela, bien entendu, ne vous intéresse pas.

Tamara eut un petit élan de jalousie.

Aux yeux des femmes, elle en était sûre, il était irrésistible et peut-être les avait-il trouvées charmantes et désirables, après tant d'années passées presque entièrement en compagnie de soldats.

– Quand j'ai hérité du titre, reprit le duc, je suis revenu ici. Je voulais vivre comme mon père avait vécu, être égoïste comme lui, imiter son indifférence à l'égard des autres. Cela valait mieux, me semblait-il, que de se laisser entraîner dans des aventures sentimentales.

Il s'interrompit un moment, avant de reprendre.

– Je ne voulais pas être blessé comme je l'avais été dans mon enfance par la froideur de mes parents. Je me persuadai que je n'avais pas besoin d'amour, que je pouvais très bien passer ma vie sans amour.

Il regarda Tamara bien en face.

– Je me trompais, je ne peux plus me passer d'amour!

Elle rencontra ses yeux et, pendant un moment, elle se sentit paralysée; puis, sachant à peine ce qu'elle faisait, elle se leva et se dirigea vers la fenêtre.

Elle entendit que le duc se levait, lui aussi. Elle le sentit derrière elle, si près qu'elle se mit à trembler.

– Vous devinez ce que j'essaie de vous faire comprendre, Tamara, murmura-t-il. Je crois que je vous aime, depuis le moment où vous avez fixé sur moi des yeux flamboyants de haine. Je savais déjà que vous étiez celle que j'avais cherchée toute ma vie.

Tamara essaya de protester, mais déjà le duc l'avait prise dans ses bras.

Il la serra contre sa poitrine et, sans lui laisser le temps de faire un geste, il posa ses lèvres sur les siennes.

Pendant quelques secondes elle resta figée par la surprise. Enfin elle éprouva une joie si merveilleuse, si magnifique qu'elle comprit que tous ses vœux, même ceux dont elle n'avait pas conscience, se réalisaient.

Il la serrait de plus en plus fort contre son cœur. Elle n'avait jamais imaginé qu'un baiser pouvait être si délicieux et provoquer une telle extase.

C'était cependant ce qu'elle avait toujours souhaité; tout son corps et toute son âme participaient à ce baiser. Le temps n'existait plus, le temps était aboli.

Le duc releva la tête.

– Je vous aime, ma chérie, je vous aime plus que je peux l'exprimer.

– Je vous aime aussi, chuchota Tamara.

Il l'embrassa de nouveau, passionnément, follement, comme s'il craignait de la perdre, comme pour s'assurer qu'elle était bien à lui et ne lui échapperait plus.

Tandis que les baisers se succédaient sur ses lèvres, Tamara eut la sensation que s'éveillait dans son corps une flamme, d'abord vacillante, mais bientôt dévorante, qui brûlait dans son cœur, dans ses seins, montait à ses lèvres et se mêlait à la flamme qu'attisait le désir dans l'âme du duc.

– Vous êtes si parfaite, mon amour, si intacte, si

innocente, murmura-t-il d'une voix rauque. Oh! ma chérie, vous êtes unique au monde!

Pendant qu'il prononçait ces mots, Tamara se rappela! Ce fut comme si une main glacée étreignait son cœur. Elle poussa un petit cri et porta ses doigts à ses lèvres.

Elle s'arracha à l'étreinte du duc, pivota sur ses talons et traversa en courant l'immense salon. Elle ouvrit la porte et s'élança vers l'escalier, des larmes ruisselaient sur ses joues, des sanglots l'étouffaient.

Elle atteignit l'aile ouest, se précipita dans sa chambre et ferma la porte derrière elle. Debout au milieu de la pièce, elle enfouit son visage dans ses mains.

– Oh, mon Dieu! mon Dieu! sanglota-t-elle. Comment puis-je lui faire un tel aveu?

7

Tamara resta longtemps immobile, le visage enfoui dans ses mains. Enfin, comme si elle avait pris une résolution, elle courut vers le placard dans un coin de la pièce et en sortit une malle de cuir.

Elle l'ouvrit, puis se mit à vider les tiroirs de la commode, saisissant les objets qui lui tombaient sous la main.

Elle était agenouillée devant la malle quand la porte s'ouvrit.

– Je suis occupée! cria-t-elle, pensant que c'était Rose qui entrait.

La porte se referma et elle crut que la personne qui était à sa recherche s'était retirée. Soudain, une voix s'éleva.

– Que diable faites-vous donc?

Elle sursauta, tourna la tête et vit que c'était le duc qui était entré dans sa chambre.

Elle le regarda un moment, puis se retourna vers la

malle, toujours à genoux, la tête baissée. Le soleil qui pénétrait par la fenêtre transformait ses cheveux roux en une auréole d'or.

– Je vais... partir.

C'était difficile de prononcer ces mots, cependant elle y était arrivée.

– Pourquoi?

Cette question, lui sembla-t-il, réveilla des échos dans la chambre. Elle ne répondit pas, mais entendit le duc traverser la pièce; il s'arrêta derrière elle.

– Si vous partez, que deviendront les enfants? demanda-t-il après un silence.

– Maintenant... avec vous... ils ne risqueront plus rien..., balbutia Tamara.

Pourtant, à l'idée de les quitter, elle sentit des larmes monter à ses yeux et inonder ses joues.

Si elle gardait la tête baissée, se dit-elle, il ne verrait pas qu'elle pleurait.

– Vous avez des responsabilités! Les délaisseriez-vous?

Il y eut un long silence.

– Vous avez lutté si courageusement pour les imposer au château, reprit le duc d'une voix pensive, comme s'il se parlait à lui-même. Si vous les abandonnez maintenant, vous les priverez de ce qu'ils ont de plus précieux : votre tendresse!

Tamara s'étonna de l'entendre parler de tendresse.

Comment aurait-elle imaginé, à son arrivée au château, que l'orgueilleux, l'autoritaire duc de Granchester comprenait les sentiments du cœur?

Ou, chose plus extraordinaire encore, qu'il l'embrasserait avec tant de douceur et de force qu'elle avait eu l'impression de monter au septième ciel?

A présent, c'était fini, cette extase, cette félicité, se dit-elle avec désespoir, elle ne pouvait rester et continuer à mentir.

Le plus affreux, c'était de ne pouvoir lui avouer la vérité. Si elle parlait, il n'aurait plus pour elle que mépris et dégoût.

– Je ne comprends pas ce qui vous a bouleversée, fit remarquer le duc. Ne pouvez-vous pas me l'expliquer, Tamara?

Résister à cette prière, à ce ton enjôleur, était un supplice. Jamais de toute sa vie, elle n'avait dû faire un effort aussi douloureux.

Elle l'avait aimé pour sa beauté, son élégance, et parce qu'il surpassait tous les autres hommes de sa connaissance.

Quand il lui avait confié ses chagrins d'enfant, ses désillusions d'après la guerre, elle avait eu le cœur rempli de tendresse et de compassion, elle aurait voulu le consoler, lui faire oublier toutes ses tristesses.

Mais maintenant, elle le trouvait irrésistible et l'aimait d'une autre façon.

– Pendant quelques instants magiques, j'ai cru que votre haine pour moi s'était éteinte, reprit le duc à voix basse. Vous avez dit que vous m'aimiez, j'ai eu l'impression que vous disiez la vérité.

– Je vous aime, c'est vrai.

Tamara sentit que ces mots sortaient d'eux-mêmes de sa bouche, sans son consentement.

– Alors pourquoi voulez-vous me quitter, ma chérie?

– J'y suis... obligée...

– Pourquoi? Je veux le savoir.

– Je ne peux pas. Je vous en prie... Je vous en supplie... Laissez-moi partir.

– Et si je refuse?

Tamara baissa la tête et ses larmes coulèrent dans la malle.

Elles ruisselèrent sur les vêtements, mais Tamara ne fit aucun effort pour les essuyer, ou pour les refouler. Elle n'avait qu'un souhait: s'enfoncer dans la terre, être engloutie par des sables mouvants, disparaître à jamais.

Il s'approcha de la fenêtre et resta immobile, contemplant le lac.

– Toute ma vie j'ai eu la sensation qu'une malédiction pesait sur ce château. Pourtant il est splendide, je peux le dire sans orgueil et il est entouré par une région si belle que vous ne trouveriez pas la pareille dans toute l'Angleterre.

Tamara poussa une petite exclamation qui pouvait être un assentiment.

– Mais je savais que quelque chose manquait, continua le duc. Enfant, il m'en souvient, je trouvais qu'il y faisait froid et, excepté quand Ronald était là, je m'y sentais très seul, séparé du reste du monde.

La tristesse qui vibrait dans sa voix émut profondément Tamara.

– Puis j'ai hérité du titre et décidé de vivre ici. Je suis de nature renfermé, silencieux, ma vie au château a accentué ces tendances. L'ombre de mon père pesait sur moi et m'oppressait. J'ai commencé à lui ressembler, à modeler sur lui mon caractère et ma personnalité.

– Je suis sûre que ce n'est pas vrai, murmura Tamara.

– Je crois bien le contraire, répliqua le duc. De fait, je suis certain que je devenais aussi froid, aussi dédaigneux, aussi dur que l'était mon père. Puis tout a changé. (Sa voix prit un nouvel accent.) Vous êtes arrivée à l'improviste, sans avoir été annoncée et quand je vous ai vue pour la première fois, un sentiment que je n'avais jamais éprouvé, dont j'ignorais même l'existence, s'est éveillé dans mon cœur. (Il eut un petit rire.) Sur le moment je ne l'ai pas compris. J'ai pensé que vous étiez beaucoup trop belle pour être digne de confiance et je soupçonnais que vous n'étiez pas ce que vous prétendiez être.

Sans tourner la tête, Tamara sentit qu'il la regardait.

– Je ne me trompais pas, reprit-il d'un ton amusé. Permettez-moi de vous dire, ma chérie, qu'aucune femme sensée n'aurait engagé une gouvernante aussi belle que vous. Ce serait trop dangereux pour sa tranquillité.

Il parlait de nouveau d'un ton passionné.

Tamara sentit que ses larmes coulaient plus fort. Craignant de perdre toute maîtrise sur elle-même et de tomber en sanglotant aux pieds du duc, elle crispa ses mains qui devinrent toutes blanches.

– De jour en jour, vous preniez une place plus grande dans mon cœur, poursuivit le duc. Je comptais les heures qui me séparaient de vous. Pour quitter le château, je devais faire un effort et si je m'absentais, c'était par peur des sentiments qui naissaient en moi.

Elle devina qu'il souriait.

– Vous ignorez combien de nuits sans sommeil j'ai passées; je pensais à vous, je vous aimais et je savais que vous me détestiez.

– Pourquoi en étiez-vous sûr? demanda Tamara qui ne put s'empêcher de poser cette question.

– Même si je n'avais pas entendu votre voix, le ton que vous preniez pour me parler, j'aurais lu la haine dans vos yeux, répondit le duc. Aucune femme, je crois, n'a les yeux aussi expressifs et aussi beaux que les vôtres.

Il s'interrompit quelques secondes.

– Mais quand je fus immobile, paralysé dans mon lit, ils m'ont dit que vous éprouviez un sentiment très différent.

Il y eut un long silence.

– J'ai pensé que vous aviez pour moi un peu d'amitié, reprit le duc de ce ton enjôleur auquel Tamara avait tant de peine à résister. Et tout à l'heure, quand vous êtes entrée dans le salon bleu, j'ai vu briller l'amour dans vos yeux, j'en suis sûr!

Tamara ne répondit pas.

– Me suis-je trompé? Oh! ma chérie, ne me torturez pas... Dites-moi que je ne me suis pas trompé.

De nouveau le silence régna. Si elle n'avait écouté que son cœur, Tamara se serait levée pour se jeter dans ses bras. Mais elle l'aimait si passionnément qu'elle ne voulait en aucun cas lui mentir.

Elle n'ignorait pas que le duc attendait et, après un moment, elle prit la parole d'une voix entrecoupée par les sanglots.

– Je vous aime... Mais il faut que je parte!

– Pourquoi? demanda le duc pour la seconde fois.

– Je ne peux pas vous le dire...

– Il faut que vous me le disiez. Imaginez mon supplice si vous me quittez? Je me poserai des questions auxquelles je ne pourrai répondre, je me demanderai quel est, parmi mes nombreux défauts, celui qui vous a éloignée de moi.

– Non... Non...! s'écria Tamara. Si je pars... ce n'est pas votre faute... seulement la mienne.

– Votre faute? répéta le duc. Qu'avez-vous donc fait, mon amour? Quel crime inavouable avez-vous commis?

Il supposait, elle le comprit, qu'un simple scrupule, une bagatelle motivait sa décision.

– Je vous en prie... Essayez de comprendre! supplia-t-elle. Mieux vaut pour vous ne pas savoir! Je vous assure, il ne s'agit pas de vos paroles ou de vos actes... Je suis seule en cause...

– Venez ici, Tamara.

Elle secoua la tête.

– Je veux que vous veniez à moi.

– Je vous en supplie... Laissez-moi! cria-t-elle. Si vous m'aimez, ne me retenez pas, laissez-moi partir et oubliez-moi!

– Croyez-vous vraiment que ce soit possible? interrogea-t-il. Je ne suis pas un jeune homme qui passe d'une amourette à l'autre avec un sourire et sans un battement de cœur. Je suis un homme, et vous êtes la seule femme que j'ai vraiment aimée.

A ces paroles, les larmes de Tamara coulèrent de plus belle.

– Je... Je ne suis pas digne... de votre amour.

– Est-ce pour cette raison que vous me quittez?

Elle n'eut pas le courage de parler, et se contenta de hocher la tête.

– Qu'avez-vous donc fait pour pouvoir dire une pareille sottise? demanda le duc. Y a-t-il eu un autre homme dans votre vie?

La jalousie vibrait dans sa voix. Tamara ne pouvait lui laisser croire que là était la raison de son départ.

– Il n'y a jamais eu personne et vous serez toujours le seul!

– Puisque vous me l'affirmez, croyez-vous que je vous laisserai partir?

– Il faut que je parte! affirma-t-elle avec désespoir.

Il y eut un silence puis, au moment où elle s'y attendait le moins, le duc la prit dans ses bras et l'obligea à se lever. Elle poussa un petit cri.

Il la tourna vers lui et la serra contre sa poitrine. Ne pouvant rien faire d'autre, elle se cacha le visage contre son épaule.

– Il n'y a aucune raison pour que vous ayez confiance en moi, dit-il. Cependant, je vous prie, je vous supplie, Tamara, de m'avouer pourquoi vous voulez me quitter. Pourquoi, quand nous éprouvons un amour réciproque, nous devrions nous séparer et ne plus nous revoir?

Il la sentit trembler dans ses bras et redoubla d'efforts.

– Dites-moi, ma chérie, ce que vous me cachez.

– Vous serez... furieux, chuchota Tamara.

– J'en doute, répliqua-t-il. Dans le passé, nous avons été montés l'un contre l'autre mais, chose étrange, cela n'a fait qu'augmenter mon amour pour vous.

– C'est une colère... d'un genre différent... Et si je vous dis la vérité, vous ne m'adresserez plus jamais la parole.

Le duc la serra si fort dans ses bras qu'elle pouvait à peine respirer.

– Je suis prêt à tout, l'essentiel pour moi est de vous garder.

– Quand vous aurez entendu... ce que j'ai à dire... vous vous réjouirez... de mon départ.

– Eh bien, engageons les paris! lança-t-il, et un petit rire se mêla à ses paroles.

Tamara poussa un soupir et se libéra de l'étreinte du duc.

– Je... je vais tout vous dire, promit-elle. Mais ne me touchez pas... Ne me regardez pas...

– Je ne m'engage à rien, déclara-t-il. Nous verrons bien ce qui arrivera.

Elle lui jeta un regard, mais elle ne pouvait affronter le sien, car l'amour qu'elle avait si ardemment désiré y brillait. Elle s'éloigna de lui.

Elle s'approcha de la fenêtre comme il l'avait fait lui-même quelques instants plus tôt et, aveuglée par la peur et par l'émotion, elle se pencha vers le jardin ensoleillé.

Ses larmes ne lui permettaient de voir ni le lac ni les arbres, mais elle fit un effort surhumain pour reprendre son calme et parler d'une voix basse et distincte.

– C'est moi qui ai écrit *Le Venin de la Guêpe*. C'est moi qui suis « T. S. ». Je suis l'auteur de ce livre!

Elle crut que les murs de la chambre répétaient chaque mot, comme si elle avait éveillé des échos endormis.

Il y eut un long silence, un silence qui lui permettait d'entendre les battements de son propre cœur. Elle pensa que, après cet aveu, le duc partirait, qu'il sortirait de la pièce et de la vie de Tamara. La porte se refermerait derrière lui et tout serait fini.

Mais il resta. Elle fut prise d'un désir irrésistible de courir à lui, d'implorer son pardon, de se jeter à ses genoux et de le supplier de ne pas l'abandonner. Pour ne pas céder à ce désir, Tamara se cramponna à l'appui de la fenêtre.

Avec un effort surhumain, elle fit appel à toute sa dignité, à toute sa fierté. Elle devait le laisser partir sans essayer de le retenir.

Quelques secondes s'écoulèrent.

– Vous savez que c'est de la diffamation, prononça le duc d'un ton tout différent de celui qu'elle attendait.

– Oui.

– Infamant?

– Oui.

– Du vitriol?

– Oui.

– Vous vouliez me blesser?

– Pas exactement, répondit Tamara. Je vous détestais. Votre père avait insulté si cruellement ma sœur... Et je vous croyais d'accord avec lui.

– C'était donc une vengeance?

– Oui.

– Vous saviez sans doute que je me reconnaîtrais dans ce portrait, moi et tous les lecteurs!

– La fiction se mêlait à la réalité. On parlait beaucoup de vous et, en inventant le duc d'Ullester, je croyais vous punir du mal que vous aviez fait à votre frère.

– Je comprends, du moins en un sens, prononça lentement le duc. Mais je ne vous aurais jamais cru capable d'écrire un tel ouvrage, ni vous ni une autre femme.

– Je vous détestais.

– Vos yeux me l'ont appris le jour où vous êtes arrivée au château.

– Quand j'ai écrit ce livre, j'étais sûre que je ne ferais jamais votre connaissance.

– Et quand vous l'avez faite...?

Il y eut un long silence.

– Eh bien, j'ai pensé que presque tout ce que j'avais écrit de vous était justifié, répondit franchement Tamara.

– Vous n'aviez peut-être pas tort! répliqua le duc au grand étonnement de Tamara.

Elle ne répondit pas.

Il ne s'était pas mis en colère, comme elle s'y

attendait. Il n'avait pas pris un ton glacial et sarcastique – ce qui eut été assez naturel.

Mais elle était persuadée d'avoir perdu son amour. Au fond d'elle-même elle souffrait la torture car, elle le savait, sans lui elle ne connaîtrait jamais le bonheur.

« Pendant quelques instants ineffables, j'ai atteint le paradis, pensa-t-elle. C'est fini maintenant, et désormais je vivrai dans les ténèbres. »

La voix du duc frappa ses oreilles.

– Je le suppose, vous êtes prête à réparer de votre mieux le mal que vous m'avez fait?

Tamara eut un petit geste de découragement.

– Que pourrais-je faire?

– Vous pourriez me payer des dommages-intérêts.

– Vous le savez, je n'ai pas d'argent.

– Alors, j'en ai peur, vous irez en prison et vous serez condamnée à y rester jusqu'à la fin de vos jours.

Pendant qu'il prononçait ces mots, elle sentit qu'il s'approchait d'elle et, comme elle tournait la tête pour le regarder, il la saisit dans ses bras et l'écrasa contre sa poitrine.

– Jusqu'à la fin de vos jours, répéta-t-il, et vous serez emprisonnée ici, dans ce château. Je vous jure que je serai un geôlier très sévère. Vous n'aurez pas la moindre chance d'évasion.

Elle eut l'impression qu'il l'emportait dans le ciel et qu'elle volait avec lui au milieu de nuages roses et transparents.

– Pardonnez-moi! chuchota-t-elle.

Elle avait levé les yeux et elle vit qu'il souriait.

– Je vois bien que je ne peux pas faire autrement, déclara-t-il. Nous brûlerons ensemble cet abominable roman. Puis vous en écrirez un autre dont je serai le héros!

Ses lèvres étaient tout près des siennes.

– Voulez-vous écrire un roman d'amour, ma chérie? Un roman où deux êtres s'aimeront si fort, que rien d'autre au monde ne comptera à leurs yeux.

– Etes-vous sûr... tout à fait sûr... que c'est la vérité? interrogea Tamara.

– Je vous aime, affirma le duc. Tous les livres du monde ne pourraient m'empêcher de vous garder et de vous adorer.

Ses lèvres se posèrent sur les siennes et il lui donna un baiser passionné.

La flamme qui les avait déjà brûlés s'éleva de plus en plus haut, se confondit avec les rayons du soleil et les consuma tous les deux.

« Je vous aime! » aurait voulu dire Tamara.

Mais son cœur chantait et il lui était impossible de prononcer un seul mot. A quoi bon d'ailleurs les paroles? Elles étaient inutiles, puisque Tamara et le duc de Granchester ne faisaient plus qu'un...

Plus tard, bien plus tard, le duc releva la tête et contempla les yeux brillants et les joues en feu de Tamara.

– Quand sera célébré notre mariage, ma chérie? Demain? demanda-t-il à mi-voix.

– Le plus tôt possible, répondit Tamara. Je ferai tout ce que vous voudrez.

Le duc se mit à rire.

– Combien de temps durera cette soumission? interrogea-t-il. J'ai toujours été habitué à lutter pour obtenir ce que je désire. Je n'aimerais pas perdre mon plus redoutable adversaire.

Tamara eut un petit rire hésitant. Le duc baisa ses yeux, ses cils encore mouillés de larmes, ses joues et de nouveau ses lèvres.

Pendant qu'il l'embrassait, elle sentit qu'il retirait une à une les épingles de son chignon. La dernière tomba et ses cheveux dénoués se répandirent sur ses épaules comme une cascade dorée.

– C'est ainsi que vous étiez quand je vous ai surprise

en train de jouer avec les enfants dans le pré. J'ai été ébloui, on ne pouvait rien voir de plus beau.

– Vous êtes parti tout de suite.

– Si j'étais resté, je vous aurais saisie dans mes bras et vous aurais embrassée.

– J'étais intimidée et gênée, je n'avais pas la tenue sévère qui convient à une gouvernante.

Il l'embrassa de nouveau.

– Vous avez pris beaucoup de peine pour essayer de me cacher la beauté de vos cheveux. Vous en faisiez un chignon très serré, mais vous ne pouviez dissimuler leurs reflets. Ils ont la couleur du feu et je désirais, comme jamais encore dans ma vie, voir si des flammes ardentes couvaient en vous.

Tant de passion vibrait dans sa voix que de nouveau Tamara se cacha le visage contre son épaule.

Il lui saisit le menton et l'obligea à lever la tête.

– Cette flamme, je crois l'avoir réveillée, mais, mon cher cœur, elle continuera à brûler, grandira de jour en jour comme la mienne et ne s'éteindra jamais.

Il l'embrassa de nouveau et prenant à poignées ses cheveux qui tombaient jusqu'à sa taille, il les embrassa aussi.

– Vous êtes d'une beauté irréelle, reprit-il. Chaque fois que je vous regarde, je vous trouve plus ravissante que dans le souvenir que je gardais de vous.

Tamara poussa un soupir de bonheur.

– C'est l'heure, je vais réveiller les enfants, déclara-t-elle. Il faut que je me recoiffe et je ferai remarquer à Votre Grâce que le duc de Granchester ne devrait pas se trouver dans la chambre d'une gouvernante.

– Si vous couchez ici la nuit prochaine, ce sera la dernière fois, répliqua le duc. Après, ma chérie, vous ne me quitterez plus.

Elle rougit et tenta de se dégager de son étreinte.

– Vous m'avez pardonné? C'est bien sûr?

Il la serra de nouveau contre son cœur.

– Je vous pardonnerai tout si vous continuez à m'aimer. Je ne demande qu'une seule chose à la vie :

jouir toujours de votre amour. Promettez-moi de ne jamais m'abandonner.

Il parlait d'une voix grave qui témoignait de sa sincérité. D'un geste impulsif, Tamara jeta ses deux bras autour de son cou.

– Je vous aime de tout mon cœur, de toute mon âme, chuchota-t-elle. Vous me tenez lieu d'univers... Pour moi vous êtes le seul homme au monde.

Il lui reprit les lèvres dans un baiser passionné, comme désireux de boire ses derniers mots.

Ils s'étreignaient encore, quand la porte s'ouvrit. Ils se retournèrent d'un même mouvement et découvrirent Vava qui les regardait avec étonnement.

Il y eut un long silence.

– Oncle Howard, vous embrassez Mlle Wynne! s'écria enfin Vava.

– Non, répondit le duc. J'embrasse votre tante Tamara.

– Comment savez-vous qu'elle est ma tante? interrogea Vava. C'est un secret.

– Vous me l'avez révélé, quand nous vous avons retrouvée dans la forêt.

Vava porta la main à ses lèvres.

– Oh! Que je suis bête!

– En réalité, je l'avais compris depuis longtemps, expliqua le duc en la prenant dans ses bras. Votre tante Tamara est beaucoup trop belle pour être une simple gouvernante.

Vava les regarda l'un après l'autre.

– Vous aimez tante Tamara?

– Beaucoup, répondit le duc.

– Et tante Tamara vous aime?

– Je le crois. Elle a accepté de m'épouser.

Vava lui passa les bras autour du cou.

– Si vous vous mariez tous les deux, fit-elle remarquer, nous habiterons toujours au château : je pourrai donc me promener sur tous vos chevaux!

– Absolument tous! promit le duc. Et vous aurez des douzaines de poneys, si vous en avez envie.

– C'est une promesse! Une promesse! s'écria Vava. Oncle Howard, je vous adore!

Elle l'embrassa sur les deux joues et les yeux du duc étincelèrent; il regarda tendrement Tamara.

Leurs yeux se rencontrèrent. Elle devina qu'ils avaient la même pensée : un jour, ils auraient des enfants à eux et il les gâterait, comme aujourd'hui il était prêt à gâter sa nièce, tant il était heureux!

Il tendit la main.

– Allons annoncer la nouvelle à Kadine et à Sandor, proposa-t-il. J'espère qu'ils seront aussi contents que Vava.

– C'est merveilleux! s'écria Sandor en apprenant la nouvelle. Mais je ne suis pas très surpris.

– Que veux-tu dire? interrogea Tamara.

– J'avais l'impression que vous aimiez beaucoup oncle Howard, expliqua Sandor. Et il était si bon pour nous que j'avais idée qu'il vous aimait aussi.

– Tu sais trop de choses! répliqua Tamara en riant.

– Vous avez raison, Sandor, intervint le duc, et je crois que, grâce à votre tante, nous serons tous très heureux dans ce château.

– Vous acceptez de nous garder avec vous? demanda Sandor. Nous ne vous gênerons pas?

– Bien sûr, vous resterez! s'écria Tamara. C'est notre désir à tous les deux, n'est-ce pas?

Elle interrogea le duc du regard; il lui sourit avec une telle expression d'amour dans ses yeux qu'elle eut pour lui un élan de tendresse.

– Il y a assez de place dans le château pour deux familles, fit-il observer.

Le visage de Tamara s'illumina.

– C'est ce que pensait Sandor!

Elle regarda le jeune garçon qui parut un peu embarrassé.

– Un jour, j'ai dit à tante Tamara que j'étais votre héritier, expliqua-t-il. Elle m'a répondu que vous étiez jeune et qu'un jour, sans doute, vous auriez des enfants à vous; je ne devais donc pas trop compter sur votre héritage...

– J'espère que vous ne serez pas trop déçu, si vous avez des cousins! répliqua le duc.

– Non, pas du tout, affirma Sandor. Je ne tiens pas à être duc. Je n'ai qu'un seul désir : posséder, quand je serai grand, une écurie de chevaux de course.

– C'est un rêve qui peut se réaliser, déclara le duc. En attendant, vous accepterez peut-être de m'aider dans la mienne!

Sandor le regarda d'un air incrédule.

– Vous pensez ce que vous dites, oncle Howard?

– Quand vous serez au château pendant les vacances, vous constaterez que les chevaux de course donnent beaucoup de travail. Abbey se fait vieux, j'ai l'intention d'engager un nouvel entraîneur. Il sera content, j'en suis sûr, d'avoir votre aide.

Sandor poussa un cri de joie. Kadine qui avait gardé le silence courut dans les bras de Tamara.

– Tante Tamara, je voudrais vous demander quelque chose.

– Quoi donc, chérie?

– Puisque vous allez vous marier, pourrais-je être votre demoiselle d'honneur? J'ai toujours eu envie d'être demoiselle d'honneur, mais je n'en ai jamais eu l'occasion.

Tamara jeta un regard au duc.

– Nous nous marierons dans la plus stricte intimité, ici, dans la chapelle du château, expliqua-t-il. Mais je suis sûr que votre tante désirera non pas une, mais deux demoiselles d'honneur! Quant à Sandor, il sera garçon d'honneur.

Les enfants furent enchantés par cette proposition. Ils se mirent à faire des projets et tous les détails du mariage avaient été examinés et réglés, au moment où Rose apporta le plateau du goûter.

Le duc s'assit à la table des enfants et partagea leur repas. Le temps passa très vite. Enfin, les deux petites filles allèrent se coucher, Sandor se rendit aux écuries pour parler avec Abbey et les deux amoureux restèrent en tête-à-tête.

Ils sortirent par une porte de côté, traversèrent la pelouse et se promenèrent dans la roseraie.

Lorsqu'ils arrivèrent au bassin fleuri de nénuphars, Tamara regarda le duc et tous les deux éclatèrent de rire au souvenir du bain forcé de lord Cropthorne.

– Sandor m'a dit que vous riiez, quand vous l'avez trouvé dans l'eau, fit remarquer Tamara.

– Oui, j'ai bien ri, convint le duc. En même temps j'étais furieux! Il avait eu le front d'essayer de vous embrasser!

Il passa un bras autour de la taille de Tamara et l'attira contre lui.

– Je vous avertis, ma chérie, je serai un mari jaloux comme un tigre. Si un homme a l'audace de vous regarder, d'un coup de poing je l'enverrai rouler à terre; si quelqu'un comme Cropthorne fait seulement mine de vous toucher, je l'étends raide!

Tamara poussa une petite exclamation.

– Croyez-vous vraiment que je permettrais à quelqu'un de me toucher? demanda-t-elle d'une voix tendre. Howard, vous êtes si beau, si magnifique, tous les autres hommes en comparaison paraissent petits et insignifiants. Je vous aime tant que vous n'aurez jamais de raisons d'être jaloux.

Le duc l'étreignit avec plus de force encore.

– Je crois que je n'ai jamais connu une seule minute de bonheur, avant que vous entriez dans ma vie. Mais désormais, nous connaîtrons un bonheur sans partage.

– Le plus pressé sera de rendre heureux les habitants du domaine, déclara Tamara. Je n'aurais pas une seconde de tranquillité si je pensais que vous êtes en danger et que quelqu'un cherche à se venger de vous.

– Vous me dicterez ce que je dois faire, répondit le duc. Je vous l'ai promis, il y aura de nombreux changements. Pour commencer, j'ai ordonné à mes régisseurs d'augmenter les salaires des ouvriers agricoles et de veiller à ce qu'ils soient plus confortablement logés.

– Que je suis contente! s'écria Tamara.

– C'est vous qui m'avez transformé du tout au tout et je compte sur vous pour m'aider et me guider.

– Ce sera facile, déclara Tamara. Rose m'a répété ce que disait souvent sa mère : Chacun a besoin d'amour et la magie de l'amour transforme tout. Cet amour, nous le possédons, mon chéri, et rien d'autre n'a d'importance.

– Rien, approuva le duc.

Il la contempla longuement.

– Vous remplissez toute ma vie! chuchota-t-il. J'ai l'impression d'être déjà au paradis. Je ne demande que votre amour, maintenant et pour l'éternité.

– Je vous donne tout mon cœur et tout mon être, essaya de dire Tamara.

Mais elle ne put prononcer ces mots, car les lèvres du duc étaient sur les siennes; il l'embrassa passionnément et, dans ses bras, Tamara perdit conscience de la réalité.

Elle éprouvait une félicité, une extase, qu'aucun mot n'aurait pu décrire. Cette sensation était si intense qu'elle en était presque douloureuse. Elle se pressa contre lui, désireuse de lui donner non seulement son corps, mais aussi son esprit, son cœur, son âme. Elle tremblait violemment et elle sentit qu'il tremblait aussi.

Tous les deux éprouvaient les mêmes émotions et, sous le ciel étoilé, tandis que l'eau du bassin murmurait doucement entre les nénuphars en fleurs, ils se juraient tout bas cet amour éternel qui illumine la vie et qui est plus fort que la mort.

FOSTER Alan Dean
Alien (1115★★★)
Avec la créature de l'Extérieur, c'est la mort qui pénètre dans l'astronef.
Le trou noir (1129★★★)
Un maelström d'énergie les entraînerait au delà de l'univers connu.
Le choc des Titans (1210★★★★)
Un combat titanesque où s'affrontent les dieux de l'Olympe. Inédit, illustré.
Outland... loin de la terre (1220★★)
Sur l'astéroïde Io, les crises de folie meurtrière et les suicides sont quotidiens. Inédit. Illustré.

GROSSBACH Robert
Georgia (1395★★★)
Quatre amis, la vie, l'amour, l'Amérique des années 60.

GANN Ernest K.
Massada (1303★★★★)
L'héroïque résistance des Hébreux face aux légions romaines.

HALEY Alex
Racines (2 t. 968★★★★ et 969★★★★)
Ce triomphe mondial de la littérature et de la TV fait revivre le drame des esclaves noirs en Amérique.

ISHERWOOD Christopher
Adieu à Berlin (1213★★★)
Ce livre a inspiré le célèbre film Cabaret.

JONES John G.
Amityville II (1343★★★)
L'horeur semblait avoir enfin quitté la maison maudite; et pourtant... Inédit.

KING Stephen
Shining (1197★★★★)
La lutte hallucinante d'un enfant médium contre les forces maléfiques.

RAINTREE Lee
Dallas (1324★★★★)
Dallas, l'histoire de la famille Ewing, au Texas, célèbre au petit écran.
Les maîtres de Dallas (1387★★★★)
Amours, passions, déchaînements, tout le petit monde du feuilleton "Dallas".
(déc. 82)

RODDENBERRY Gene
Star Trek (1071★★)
Un vaisseau terrien seul face à l'envahisseur venu des étoiles.

SAUTET Claude
Un mauvais fils (1147★★★)
Emouvante quête d'amour pour un jeune drogué repenti. Inédit, illustré.

SEARLS Hank
Les dents de la mer - 2e partie (963★★★)
Le mâle tué, sa gigantesque femelle vient rôder à Amity.

SEGAL Erich
Love Story (412★)
Le roman qui a changé l'image de l'amour.
Oliver's story (1059★★)
Jenny est morte mais Oliver doit réapprendre à vivre.

SPIELBERG Steven
Rencontres du troisième type (947★★)
Le premier contact avec des visiteurs venus des étoiles.

STRIEBER Whitley
Wolfen (1315★★★★)
Des êtres mi-hommes mi-loups guettent leurs proies dans rues de New York. Inédit, illustré.

YARBRO Chelsea Quinn
Réincarnations (1159★★★)
La raison chancelle lorsque les morts se mettent à marcher. Inédit, illustré.

Séries romanesques

Aventures, amour, rebondissements...
les plus célèbres fresques par des auteurs renommés.
Demandez à votre libraire le catalogue semestriel gratuit.

ANDREWS Virginia C.
Fleurs captives (1165★★★★)
Quatre enfants sont séquestrés dans un grenier par leur mère. Inédit.
Pétales au vent (1237★★★★)
Libres enfin, ils doivent apprendre le monde des adultes. Inédit.
Bouquet d'épines (1350★★★★)
Mais les fantômes du passé les menacent encore. Inédit.

ARLEN Leslie
Les Borodine:
1 - Amour et honneur (1226★★★★)
Au siège de Port-Arthur, un journaliste américain tombe amoureux d'Ilona, jeune princesse russe. Inédit.
2 - Guerre et passion (1314★★★★)
Dans ce monde en flammes, les héros s'aiment et se déchirent. Inédit.
3 - Rêves et destin (1364★★★★)
La vengeance des nouveaux maîtres de la Russie va poursuivre les Borodine au delà des frontières de leur pays natal. Inédit.

DESMAREST Marie-Anne
Le cycle de Torrents:
1 - Torrents (970★★★)
Ce jeune chirurgien s'est-il marié par désespoir?
2 - Jan Yvarsen (1024★★)
Sigrid la meurtrière, revient, prête à tout pour reprendre Jan. Mais sa victime est-elle réellement morte?
3 - Jan et Thérèse (1122★★)
L'ultime combat de Sigrid pour la conquête de Jan.
4 - Le fils de Jan (1148★★)
Héritière de Sigrid, Flavie fera-t-elle le malheur du fils de Jan?
5 - Le destin des Yvarsen (1230★★)
Hugo, le pianiste virtuose, fera-t-il oublier à Flavie ses devoirs d'épouse?
6 - Le dernier amour de Jan (1277★★)
Une jeune femme, qui lui rappelle sigrid, vient bouleverser sa vie.
7 - L'ennemi de Jan (1389★★)
Qui s'acharne à dresser les uns contre les autres les membres de la famille? (déc. 82)

GOLON Anne et Serge
Angélique, marquise des Anges (667★★★)
Son mari condamné au bûcher, Angélique devient la marquise des Anges à la Cour des Miracles. Puis elle retrouve grâce auprès de Louis XIV et dispute son amour à Mme de Montespan. Bien d'autres aventures l'attendent encore...

METALIOUS et FULLER
Peyton Place (2 t. 849★★★ et 850★★★)
Derrière ses façades blanches, des secrets inavouables.
Retour à Peyton Place (905★★★★)
... d'Allison devenue romancière célèbre.
Carnaval à Peyton Place (998★★)
Informe, Kathy trouvera-t-elle le bonheur?
Du nouveau à Peyton Place (1108★★)
La bourgeoisie de Peyton Place acceptera-t-elle cet enfant sorti du bidonville?
Les secrets de Peyton Place (1326★★★)
La brutale transformation de la petite ville va porter les passions à leur paroxysme.

URIS Léon
trinité
3 t. 863★★★★, 864★★★★ et 865★★★★)
Dans une Irlande en flammes, le jeu de l'amour et de la mort.

VAUTRIN Denyse
Le tourbillon des jours
(3 t. 1009★★★★, 1010★★★★ et 1011★★★★)
De la comtesse de Vallas à Charlotte, le château est témoin de bien des amours et d'autant de drames.

Editions J'ai Lu, 31, rue de Tournon, 75006 Paris

diffusion
France et étranger : Flammarion, Paris
Suisse : Office du Livre, Fribourg
diffusion exclusive
Canada : Éditions Flammarion Ltée, Montréal

Achevé d'imprimer sur les presses de l'imprimerie Brodard et Taupin
7, Bd Romain-Rolland. Montrouge. Usine de La Flèche,
le 15 septembre 1982.
1365-5 Dépôt Légal septembre 1982. ISBN : 2 - 277 - 21361 - 6
Imprimé en France